범우문고 029

# 우정론

A. 보나르 지음 / 이정림 옮김

범우사

# 차     례

## ▨ 이 책을 읽는 분에게

인간은 사회적인 동물이라서, 로빈슨 크루소처럼 혼자서 살아갈 수는 없다. 어머니의 젖꼭지에서 떨어져 걸음마를 익히고 이웃 꼬마들과 어울리면서부터 이른바 소꿉동무가 생기고, 학교에 들어가면 학우가 생기며, 사회에 나가면 자연히 직장 친구가 생기게 마련이다. 그리하여 우정은 때로 혈육도 능가한다.

우리는 그 하나의 예를 고대 이스라엘의 다윗과 요나단에게서 찾아볼 수 있다. 이스라엘의 첫번째 왕이었던 사울의 아들 요나단은 나중에 2대 왕이 된 다윗과 어릴 때부터 막역한 사이였다. 그런데 부왕 사울이 다윗을 시기하여 해치려 하자 요나단은 한사코 이를 막아 다윗이 왕위에 오르는 데 큰 몫을 했다. 요나단은 부왕으로부터 왕위를 이어받을 수 있는 위치에 있었으나 자기의 정치적인 야심을 깨끗이 버리고 자기보다 유능한 다윗을 밀어 주었던 것이다. 아름다운 우정의 전형적인 예라고 하겠다.

이와는 대조적인 것에 고대 로마의 케사르와 브루투스

사이의 우정이 있다. 두 사람은 절친한 사이였으나, 브루투스는 종신집정관(終身執政官)이었던 케사르가 황제의 위(位)를 탐내자 그를 살해하는 데 가담했다. 만신창이가 된 케사르는 칼을 뽑아들고 자기에게 덤벼드는 브루투스를 보고, "브루투스, 너까지!" 하고 외마디 소리를 지르며 그 자리에 쓰러졌던 것이다. 우리는 이 두 친구의 사례에서 우정이란 무엇인가를 다시금 반문하게 된다.

프랑스의 시인이요 평론가며 모랄리스뜨의 한 사람인 보나르(Abel Bonnard, 1883~1968)는 이 물음에 대해 하나의 해답을 내리고 있다. 그는 진정한 우정은 공리(功利)를 초월하며 따라서 우정은 '공허한 영혼 사이에서는' 확립되지 못한다고 우정의 고고성(孤高性)을 지적했다. 그는 '상점에 진열된 상품과도 같은' 현대인에게서 어찌 우정을 기대할 수 있겠느냐고 개탄한다.

그는 우정 속에 깊숙이 들어 있는 인간의 욕구를 날카로운 통찰력으로 예리하게 탐구해 냈다. 그에 따르면 참된 우정은 사회적인 지위에 구애되지 않으며, 자기 생활을 초월하여 그것을 내려다볼 수 있는 경지에 이르게 한다는 것이다. 그는 우정을 가리켜 '아직도 존속하고 있는 최후의 기사도(騎士道)'라고 단언한다.

그가 부르조아 문명의 위기를 절감하고 무의식 중에 나치

스 독일의 힘의 질서에 공감한 것은, 그의 불찰이라기보다
프랑스 모랄리스뜨의 최후의 변모라고 하겠다. 그러나 인
간에 대한 사랑에 충만한 그의 청신한 필봉은 진정한 우정
이 무엇인가를 날카롭게 파헤치고 있다.

옮 긴 이

# 1. 우정이란 무엇인가

**1**

다른 위대한 감정과 마찬가지로, 우정이라는 말도 이름만 같을 뿐 사람에 따라 다른 의미로 쓰이고 있다. 사람들이 보통 우정이라고 부르는 것은, 실제로는 습관이나 동맹에 지나지 않는 것이다. 대부분의 사람들은 남을 사랑하지 않고도 충분히 살아갈 수 있다. 그러나 그들은 외돌토리가 되는 것을 몹시 두려워한다. 그러한 위험을 두려워할 필요가 없다면 누가 자기를 위험으로부터 지켜 줄 것인가를 제대로 아는 따위의 일은 거의 문제가 되지 않는다. 단 몇 사람도 필요로 하지 않을 만큼 철저한 에고이스트는 세상에 존재하지 않는다. 사람들은 몇몇 사람을 자기의 에고이즘 속에 넣고 그것을 우정이라고 믿어 버린다. 그러나 이런 감정을 분명히 판단하려면 그 감정이 어떻게 표현되는가를 관찰하기만 하면 된다. 예컨대 가을의 한때를 어떤 친구와 보내던 사람이 그 친구가 약속에 늦거나 하면 원망을 하는 수가 있다. 그런데 10월에는 이렇게 안절부절 못하며 친구를 기다리는 그가, 8월에는 그 친구와 만나는 일에 아무런 관심도 없었던 것이다. 왜냐하면 그 무렵에 그는 다른 일로 분주했기 때문이다.

노인들이 자기와 안면이 있던 사람이 죽었을 때 나타내는 슬픔도 마찬가지다. 그들은 자신의 습관이 무너져 버렸다는 사실에 망연해 있을 뿐이다. 한 인간이 사라졌기 때문에 슬퍼하는 것이 아니라, 자기 시간의 공허함을 느끼는 것이다. 어렸을 때의 친구가 언제나 그처럼 반갑고 그와 같이 환영을 받는 것은 이런 연유에서다. 우리가 형성할 수 있는 모든 관계 중, 이처럼 습관이 많은 부분을 차지하고 참된 선택은 조금밖에 차지하지 않은 관계는 없다. 그러나 우리가 그런 친구들을 그처럼 호의로써 대하는 것은 그들이 우리에게 우리 자신의 삶을 상기시키기 때문이다. 즉 그들은, 우리가 거기서 자신의 지난날을 읽을 수 있는 소설과도 같은 것이다. 우리는 그들에게 회상이라는 옷을 입히는 것이다.

사람들 사이에서 볼 수 있는 우정의 대부분은 그들의 의지에 의한 것이라기보다는 게으름의 결과다. 여러 가지 사정이 그 원인이 될 수 있다. 내가 별로 관심을 갖지 않았던 사람이 나를 존경하기 시작했다고 하자. 바로 그 일만으로 그는 자신이 우리에 대한 어떤 권리를 가지고 있다고 주장하는 수가 있다. 우리가 자신을 친구로 택해 준 사람을 친구로 택하지 않고, 자신을 특별하게 대우해 주려는 사람을 받아들일 만한 인간이 못 된다고 생각해 나가기 위해서는, 상상 이상의 자유와 독립을 필요로 한다. 시간이 지남에 따라 이와 같은 모든 우발적인 우정도 단단히 굳어져서, 나중에는 우리 자신도 그것이 우연히 생긴 것임을 잊어버리게 된다.

그러나 인간은 습관에 의해서만이 아니라 이해(利害)에 의해서도 결합하게 된다. 어려운 일을 겪고 있는 사람이 여럿 있을 경우, 우리는 자신이 부닥쳐 있는 문제를 도와줄 만한 사람을 우선적으로 도우려고 할 것이다. 우리는 받을 친절과 제공할 친절을 몰래 그러나 면밀히 계산한다. 자기가 손해를 볼 것 같으면 곧 계약을 파기할 셈인 것이다.

문제는 이것이 당당하게 거래라고 불리고 있다는 사실이다. 우연히 만난 두 인간이 서로 탐색을 하고 상대방이 자기에게 제공할 듯싶은 것을 각각 계산하면서 상대방의 속셈을 헤아리는 여러 가지 솜씨를 관찰하는 것처럼 흥미 있는 일도 없다. 희미한 어둠 속에서 이러한 거래가 성립되면 두 사람은 밝은 곳으로 나와 우정의 깃발을 내건다. 이런 거래를 할 때는 그것을 있는 그대로의 모습으로 인정하는 것이 보다 솔직한 태도일 것이다. 그러나 이러한 시니시즘(세상 일을 모두 냉소하거나 무시하는 태도. 그리스 퀴니코스 학파의 입장에서 유래. 견유주의〔犬儒主義〕)이란 누구나 실행할 수 있는 것이 아니다. 그것을 실행하는 데는 대담한 영혼과 명석한 정신이 필요하다.

대부분의 사람들은 자기가 느끼는 감정의 성질을 잘못

알고 있다. 이와 같은 잘못은 허영심에서 비롯된 것이기도 하지만, 정신이 잘못을 분별할 만큼 예민하지 않기 때문인 것이다. 대개의 경우에 그들의 감정은 몹시 혼란되어 있어서 착오를 일으킨다. 게다가 이제 혼자가 아니라는 만족감이나 싫지 않은 교우 관계를 맺었다는 허영심, 거기서 이득을 얻을 수 있다는 기대 등이 그들의 마음에 진짜 우정이라고 생각하게 하는 어떤 것을 만들어 내고 있는 것이다.

사람들은 종종 자신이 매우 신뢰할 수 있는 동맹자임을 보임으로써 좋은 친구라는 사실을 증명하기라도 한 것처럼 생각한다. 협약을 맺고 있는 사람이 공격을 받으면 곧 도우러 달려가 온 힘을 다해 보란 듯이 동료를 지켜 준다. 그러나 이런 자들을 잘 관찰해 보면, 이렇게 행동해 그 정도 손해를 보는 것도 더 큰 이득을 기대하고 있기 때문이라는 것을 알 수 있다. 그렇게 눈에 띄게 행동하는 것은 그 소문이 자기가 지켜 준 사람의 귀에까지 들리도록 하기 위해서다. 장차 그 보답을 받으려는 생각에서다. 그에게서 어떤 것을 기대할 수 있는 권리가 생긴 셈이다. 그리고 이렇게 열성을 보이면 이야기를 들은 다른 사람도 이런 실속 있는 협력자를 가지고 싶다고 생각하게 할 수 있으며, 또 그렇게 해서 친구의 수가 늘면 자기가 추진하려는 여러 가지 야심적인 계획을 성공시킬 기회가 그만큼 많아지는 것이다.

그러므로 이러한 무리들은 자기들이 남들과 같이 훌륭한 우정을 발휘했다고 믿고 있는 그 순간에 우정이 무엇인지도 모르고 있다는 것을 입증하는 셈이다. 왜냐하면 대인 관계에서 거래나 상호 이익 따위의 뒷맛을 느끼는 한, 인간은 결코 우정이 갖는 고매한 '불석(不惜)'의 정신을 체득할 수 없기 때문이다.

진정한 우정은 공리(功利)를 훨씬 초월한 것이다. 이것은 두 친구가 언제나 서로 도우려 한다는 사실을 부정하는 것은 아니다. 두 사람의 우정이 맺어져 있는 것이 다만 돕는 일 때문만은 아니라는 말이다. 친구를 궁지에서 구출하기 위해 자기의 재산을 모두 써버리든 친구를 돕기 위해 목숨까지 내놓든, 자기가 한 모든 일을 바로 잊어버려야 한다. 뿐만 아니라 완전한 우정은 도움을 받은 쪽에 대해서도 마찬가지로 그런 일을 곧 잊어버리도록 요구한다. 실제로 그런 일을 언제까지나 기억하고 있는 것은 훌륭한 애정 속에 있는 가장 중대한 잘못, 즉 예의상의 잘못을 범하는 일이 될 것이다. 왜냐하면 이런 친구들이 서로 베푸는 자유스러운 잔치에서는, 감사하는 마음을 표현하는 것도 어딘가 예의에서 어긋난 느낌을 주지 않을 수 없기 때문이다.

우연한 기회에 가까와진 동료는 습관이라는 느슨한 사슬로 맺어져 있고, 동맹을 맺은 자들은 이해(利害)라는 가는 줄로 맺어져 있다. 오직 진정한 우정만이 필연적인 동시에 언제나 자유롭다. 이런 우정으로 가까와진 사람들 사이에는 계약도 없고 약속도 없다. 그러므로 그들은 언제까지나 함께 있도록 운명지어져 있지 않는 한 언제든지 헤어질 수 있다. 그들의 우정은 서로 베풀 수 있던 모든 정성에 의존해 있는 것이 절대로 아니다. 그들의 우정은 다만 그들이 서로 만나게 되었다는 사실에서 생겼을 뿐이며, 그 밖의 것은 모두 우연에 불과하다.

사실 우정이란 어떤 상대의 성격을 분명히 파악하고, 선택하기로 한 상대에 대해 절대적인 신뢰를 가지는 것이다. 이러한 원칙에서만 보더라도 거기에 합당한 인간은 별로 없다는 것을 알 수 있을 것이다. 실제로 대부분의 사람들에게 인간이란 모두 엇비슷하다. 편리하다거나 유리하다는 정도의 이유조차 없으면 선택하려 해도 아무런 이유를 찾아볼 수 없기 때문에, 다른 사람과 사귈 때 그만큼 더욱 편리하다거나 유리하다는 조건에 따라 행동하기가 쉬운 것이다.

그들은 상대방의 성격을 식별하거나 파악하는 것이 아니라 그 지위에 주목한다. 그들은 조상(彫像)을 보는 것이 아니라 대좌(臺座)를 본다. 그러므로 아무리 시원찮은 인간이라도 훌륭한 지위에 앉아 있으면 그럴 듯한 인물로 보이게 마련이다. 그토록 사람들이 자주 입에 올리는 영혼의 고독도 결코 그들을 괴롭히지는 못한다. 사막에라도 가지 않는 한, 그들은 자신이 고독하다고 느끼지 않을 것이다. 친구들을 원하기에는 동료들이 너무나 많은 것이다.

이와 반대로 진정한 우정을 떠받치는 화강암과 같이 단단한 토대는, 사람들의 성격 사이에는 놀라운 차이와 불평등이 있다는 사실을 깊이 느끼고 항상 그것을 염두에 두는 데 있다. 박애주의자도 인간을 혐오하는 사람도 우정에는 적합하지 않다. 전자는 경솔하게 사람을 너무 믿고 후자는 사람들과 잘 어울리지 못한다. 전자는 모든 사람을 받아들이고 후자는 상대가 누구든 거부한다.

위대한 우정은 인간성에 대한 귀족주의적 관념에서 비롯되는 것이다. 우리는 인간의 총체(總體)를 하나의 피라밋으로 상상할 수 있다. 아래쪽은 거친 금속으로 되어 있지만 피라밋이 끝나는 꼭대기 부분은 황금이나 다이아몬드이 듯이, 면이 작아질수록 귀중한 재료로 이루어져 있는 것이다. 세상 사람들을 보고도 인간이 싫어지지 않는 사람, 경험을 쌓아 나가면서도 인간에 대한 신뢰감이 줄지 않는 사람, 대중 속에 어떤 위대한 영혼이나 훌륭한 정신이나 매혹적인 마음씨를 지닌 사람이 있다는 것을 믿고 또 알고 있기 때문에 끈기 있게 그런 사람들을 찾으며 만나기 전부터 그런 사람들을 사랑하고 있는 사람——이런 사람들이야말로 우정에 알맞은 사람들이라고 하겠다.

그러므로 한 친구를 발견한다는 것은, 흔해빠진 사람들 가운데 좀처럼 보기 드문 사람들의 대표자를 찾아내는 것이다. 외견상의 신분 관계에서 어떤 지위에 있는가에 개의치 않고, 참된 신분 관계에서의 왕자와 만나는 것이다. 한마디로 말하면 인간을 찾아내는 것이다. 우리에게 이 이상의 행복은 있을 수 없으며, 이 이상 중요한 일도 없다.

*

모든 참된 우정은, 그것을 맛보고 있는 사람들로 하여금 자기 생활을 넘어서서 자기 생활을 내려다볼 수 있도록 해

준다. 친구끼리 이야기를 주고받으면서 싫증을 느끼지 않는 것도 이 때문이다. 아무리 사소한 일에 대해 이야기를 나누더라도 현자(賢者)들의 이야기가 나오게 마련이다. 자기가 어려움을 겪었던 일에 대해 지성적으로 복수를 하고 싶은 욕구는 인간에게 대단히 뿌리 깊은 것으로, 가장 조심성 있는 사람들에게서조차 찾아볼 수 있을 정도다. 일요일의 여가를 즐기면서 떠들어대는 농부들은 늘 어떤 격언이나 속담으로 이야기를 끝맺는다. 그리고 혼자서는 생각할 수 없으므로 여럿이서 함께 진지하게 생각하려 한다. 퇴직한 노인들은 양지에서 햇볕이라도 쬐면서, 자기가 받은 온갖 타격에 대해 장황하게 이야기하다가 마지막에는 언제나 일반적인 반성으로 말을 맺는다. 즉 그들의 가련한 생애의 초라한 포도 덩굴에서 약간의 지혜를 따는 것이다.

그러나 남자들의 대인 관계에서 볼 수 있는 이와 같은 경향이 충분히 나타나는 것은 가장 높은 차원의 대인 관계에서이다. 우정의 존재를 위해서가 아니라 개화(開花)를 위해서 필요한 풍요로움은 지적인 생활에서만 얻을 수 있다. 평범한 사람도 동료나 동맹자나 공범자(共犯者)가 될 수 있다. 단순한 사람도 형제가 될 수 있다. 그러나 친구가 될 수 있는 것은 교양 있는 사람뿐일 것이다.

교양은 자연히 우리에게 자기 자신으로부터 떠날 수 있는 힘을 준다. 교양이 없는 사람은 순전히 현재에만 종속되어 언제나 환경에 끌려다닌다. 이와 반대로 교양이 있는 사람은 언제나 자기에게 일어나는 일들을 초월하는 면을 갖고 있다. 결코 특정 시간이나 특정 장소에 속해 있지 않다. 그의 정신의 자유가 그에게 편재성(遍在性)을 보증하는 것이다. 걱정이나 괴로움이 심하여 그 이상 버틸 수 없는 때라도, 전에 그와 동일한 비탄에 젖어 있던 시인의 시구(詩句) 한 구절이나 현자의 말을 되새기기만 하면 그는 조용히 그 비탄을 이기고, 위태롭게 신경을 곤두세울 뻔했던 일도 웃으면서 대처할 수 있다.

그런데 교양이란 죽은 자들 가운데서 선택된 사람들과의 친교에 불과하기 때문에 살아 있는 사람들 가운데서 선택된 사람들과의 친교가 있어야만 더욱 완전하고 견고한 것이 된다. 교양 있는 친구끼리의 만남이야말로 속사(俗事)를 초월한 진짜 귀족의 만남이라고 말해도 좋을 것이다. 그 경우 그들은 자기 자신과 관련된 문제에 대해서는 전혀 관심이 없다. 그들은 서로 마음을 열기 위해 자기 자신의 이야기를 할 필요가 없으며, 가장 일반적인 문제를 이야기하고 나서 모든 것을 다 털어 놓았다는 기분으로 헤어지게 된다. 신상 문제를 이야기하는 것이 아니라 각자의 개성을 서로 아낌없이 나누어 갖는 것이다.

자기의 어려움을 이야기하더라도 그것은 푸념을 하기 위해서가 아니다. 그것에 대해 냉철히 논하기 위해서다. 오랫 동안 이야기한 끝에 그들은 반성의 말을 하고 어떤 잠언(箴言)을 인용하며 자기들의 모든 체험을 발 아래로 내려다본다. 그들은 이 평화로운 관측소에서 자기들의 비탄이나 슬픔이나 실패까지도 내려다보게 된다. 그것은 마치 여행자들이 전망대에 올라 자기들이 걸어온 길이나 간신히 넘은 협곡, 죽도록 고생해서 건너온 강 등을 진기한 구경이라도 하듯이 서로서로 손가락질하며 내려다보는 것과 같다.

*

이처럼 친구가 사회적인 평판에는 별관심이 없다고 하더라도, 우정은 훌륭한 사회가 아니면 꽃을 피우지 못한다. 즉 우정은 한 사회가 갖는 인간성의 척도가 되며 그 사회의 정점을 꽃으로 장식한다.

기독교가 부여한 여성의 중요성이 유럽에서 아직 인정받지 못했던 시절에, 우정은 남성의 커다란 정열이라고 생각되었다. 이런 견해에는 진실한 측면도 있어서, 몇 가지의 예, 특히 고대인의 예로써 뒷받침할 수 있을 것이다. 고대인들은 상당히 진실한 우정을 보여주었던 것이다. 그 후 숭고한 결합이라는 관념이 연애 속으로 옮겨졌기 때문에, 이것이 연애 속에서 발견되는 여러 요소와 뒤섞여 혼란을 일으키게 되었다. 그리하여 페르시아나 인도에서와 마찬가지로 아라비아 사람들도 연애와 우정을 동시에 찬양했으며, 프랑스에서도 13세기나 17세기에는 이 연애와 우정이 서로 겨루면서 함께 발달했다. 그러나 오늘날에는 남성간의 아름다운 우정이 무척 드물다. 그렇다고 해서 남성의 마음을 온통 여성이 차지하고 있다는 것은 아니다.

그렇다면 연애와 우정이 동일한 사회적 조건에서 발달할 수 없다고는 할 수 없다. 오히려 진실한 우정은 가장 고귀한 사회에서만 존재할 수 있다고 보는 것이 보다 타당할 것이다. 그런 사회에서는 사람들의 인간관 속에 이미 우정을 기를 수 있는 여지가 마련되어 있는 것이다.

아시아에는 전역에 걸쳐서 세련된 우정이 존재했지만, 중국만큼 그것이 섬세했던 곳은 아마 없을 것이다. 다른 어느 사회보다 개화된 이 사회에서는 친밀한 혈연에 의해 맺어진 사람들이 때로 아주 판이한 모습을 나타내기도 했다. 즉 어떤 사람은 도덕의 본보기로 황제를 측근에서 섬기고, 어떤 사람은 분방한 시인으로서 술집에서 백성들과 어울려 술을 마셨다. 때로는 그들의 신분 관계가 달라지기도 했다. 고관(高官)은 왕의 총애를 잃어 시골의 초야(草野)에 묻히고 방탕한 생활을 하던 시인은 천부적인 재능으로 황제의 총애를 얻어 조정의 일등 중신의 지위에 오르기도 했던 것이다.

그러나 두 친구의 관계는 이런 표면상의 변동 따위에 구애되지 않았다. 그들은 헤어져 사는 동안에도 시작(詩作)을 교환했으며, 그 작품들은 제국의 광대한 하늘을 새처럼 날아갔다. 다시 만났을 때에는 서로 초대하여 봄의 화초를 감상하거나, 절도 있고 통찰력(洞察力)을 갖춘 의견을 교환했다. 뛰어난 현자는 대단히 조심스러운 말로 가장 강력한 것을 표현하는 법이다. 그들은 또 함께 술을 나누면서, 이미 그들의 눈을 속일 수 없게 된 이 세상에 대해 환멸을 느끼기도 했다.

인도나 페르시아에도 이러한 교제가 있었다. 대신(大臣)

들은 학자들과 이야기를 나누었다. 정복자는 한때나마 권력의 갑옷을 벗어 버리고, 자기가 지배하고 있는 이 세계가 대체 어떤 것인지 알아보기 위해 성현(聖賢)에게 가르침을 청했다.

이와 같이 어느 나라, 어느 시대에나 참된 친구는 으레 교양 있는 사람들이었다. 키케로와 플리니우스 같은 로마 사람들의 서한이나 과거의 많은 프랑스 인이 우리에게 남긴 편지를 읽어 보라. 또는 백년쯤 전에 스땅달이 친구인 메리메나 마레스와 주고받은 편지를 읽어 보라. 그러면 거기서 언제나 같은 특성을 찾아볼 수 있을 것이다. 즉 그들은 각자의 처지를 초월하여 자유롭게 서로 만나, 자기들이 해온 일이나 겪어 온 일에 대해 지성을 발휘하여 말하는 것을 주요한 즐거움으로 삼은 사람들이다.

그러므로 우리는 이런 우정이 대단히 보기 드물다는 것을 알 수 있다. 근대 사회에서는 이와 같은 우정이 성립될 여지가 거의 없다. 오늘의 사회에는 또 하나의 계층이 있을 뿐이다. 즉 두통거리와 이해(利害) 관계로 시달리는 이 계층에서는, 두 사람이 마음속으로 공감을 느껴도 보다 고차원적인 만남의 장소를 찾을 수가 없는 것이다. 두 사람이 모두 자기 직무에 몰두하여 완전히 거기에 몸을 바치고 있다. 그렇다고 해서 그들이 각자의 직무를 잘 수행한다고 볼 수는 없다. 때로는 일 자체도 위에서 내려다보아야만 비로소 훌륭히 수행할 수 있는 경우가 있기 때문이다. 그러나 그들은 그 직무에서 벗어나지 못한다. 그러다가 이윽고 꿀

벌이나 개미처럼 유유낙낙 일이 할당되는 사회에서는 사람들이 미처 인식하지 못하는 사이에 모든 계층에 걸쳐 다시 노예 제도가 부활하는 것이다.

이런 여러 가지 일을 하도록 되어 있는 사람들이 다시 인간으로 돌아가려고 할 때 모자라는 것은 단지 교양만이 아니다. 우선 여가가 결여되어 있다. 여가는 휴식과는 전혀 다른 것이다. 아니 휴식은 휴식이지만, 다른 어떤 일보다도 남의 눈에 띄지 않는 미묘한 일에 몰두할 수 있는 힘을 남기고 맞아들이는 휴식이다. 어떤 일보다 남의 눈에 띄지 않고 미묘하다는 것은, 그 일이 우리와 아무런 관계도 없는 재료를 사용한다는 의미로서가 아니라 자기 자신을 반성하는 일이라는 의미로서다. 그러나 근대인들이 허덕이고 불안에 쫓기고 초조해 하면서 겨우 얼마간의 휴가를 얻어 숨을 한 번 크게 내쉬었을 때쯤이면, 그들은 이미 지칠 대로 지쳐서 벌써 천박하고 수동적인 즐거움밖에 맛볼 수 없게 되는 것이다.

우정은 자기가 선택한 인간에게 전하는 어떤 내면적인 풍요함 없이는 생각할 수 없다. 그리고 이 우정은 공허한 영혼들 사이에서는 확립되지 못할 것이다. 그러니 부산한 여행자와 같은 생활을 하고 있는 우리 현대인들이 어떻게 그런 마음의 부(富)를 얼마간이라도 비축할 수 있겠는가? 오늘날 남자나 여자나 모든 사람은 상점에 진열된 상품과 같다. 그런 상태에서 어떻게 우정을 키울 수 있겠는가? 그들이 친구들에게 전할 수 있는 것으로 남이 모르는 것이란,

조심성이 많아 사람들의 눈에 드러나지 않게 하려는 비소 (卑小)하고 추악한 것뿐이다.

사회가 퇴화 상태에 이르러도 연애는 육체와 결부되는 한 존속될 것이다. 다만 단순하고 간단한 것이 될 뿐이다. 그러나 우정은 자취를 감추게 될 것이다. 그리고 그런 사회에서도 역시 같은 습관으로 결합되고 같은 즐거움에 사로잡혀 만남을 거듭하는 집단은 있을 수 있다. 여러 가지 애정도 있을 수 있다. 특히 인생이 괴롭고 벅찰수록 더욱 필요하게 되는 여러 가지 동맹도 형성될 것이다. 그러나 선택된 사람들이 없는 세계에는 이미 우정이 존재하지 않는다.


# 2


우정은 무엇보다도 그 가장 명료한 단계, 즉 친구끼리 서로의 상대를 발견하는 정신 활동에서 고찰해야 한다. 그들의 즐거움은 서로 인정을 받는 데 있는 것이 아니라 이해하는 데 있다. 저급한 우정에 의해 맺어진 사람들은 의견이 대립되면 전과 같은 친구 관계가 끊겼다고 생각하지만, 이것이야말로 저급한 우정임을 가장 잘 나타내는 특징 가운데 하나다.

그것이 잘못이라는 사실은 여러 가지 이유로 설명될 수 있다. 우선 그들은 우정이 만들어 내는 사상의 향연(饗宴) 따위는 생각조차 못한다. 그들에게 있어 논쟁이란 자기의 입장을 고수하고 주먹을 휘둘러야 하는 싸움에 지나지 않는다. 그러나 여기에 그치지 않는다. 평범한 인간은 언제나 허영심을 지니고 있으며, 그들이 모든 위대한 일의 문턱에서 거절당하는 것은 이 허영이라는 짐을 버리고 싶어하지 않기 때문이다. 그러므로 남이 자기에게 반대 의견을 말하면 체면이 깎이고 모욕을 당했다고 생각한다. 그래서 그들은 평소에 동료라고 생각해 온 상대방에게서 이런 모욕을 당하는 것을 참지 못한다.

그러나 진정한 친구의 경우는 이와 전혀 다르다. 그들은 처음부터 같은 바탕을 가지고 있다. 즉 그들은 상대방의 반대 의견을 완전히 이해할 수 있는 정신의 소유자들이므로, 그만큼 반대 의견을 더욱 쉽게 말할 수 있는 것이다. 이렇게 되면 솜씨 있게 반대하는 것이 무조건 찬성하는 것보다 몇천 배나 낫고 또 귀중하기도 하다. 그는 우리에 대한 공격 방법 자체에 의해 우리가 생각하고 있는 것을 명확하게 한 점에 집중하도록 촉구한다. 그리고 우리로 하여금 전에 가지고 있던 생각 이상의 것을 갖게 해준다. 우리가 발견하는 것 가운데 섬세하고 날카로운 부분은 그러한 친구에게 힘입은 것이다. 이 일에 대해 어찌 감사하지 않을 수 있겠는가 ?

사실 대부분의 논쟁은 심한 오해에서 비롯되어 무심코 말려들게 된다. 골똘히 생각하기 위해서는 우선 혼자가 되어야 한다는 것 또한 진실이다. 그러나 친구끼리 모여 함께 생각한다는 고아(高雅)하고도 희귀한 즐거움이 있을 수

있다는 것도 사실이다. 그들은 서로 이야기를 나눌 때 상대
방에 대한 자애적(自愛的) 우월감을 갖지 않는다. 즉 진실
을 찾는 것만이 그들의 놀이며 더할 나위 없는 기쁨인 것
이다.

그런데 이 놀이는 여러 가지 형태를 취할 수 있다. 때로
는 무수한 술책을 써서 사상(思想)에 접근하는 사냥꾼이 되
어, 작은 소리에도 놀라 도망치는 영양(羚羊)의 가냘프고
날씬한 모습을 보고 가슴을 죄기도 한다. 때로는 합주하는
음악가가 되니, 두 사람 사이에 일어나는 논쟁은 사중주(四
重奏)의 바이올린과 비올라 선율의 아름다운 교환이 된다.
울려 퍼지는 소리의 건축에 더욱 하늘 높이 솟아오른 작은
탑이나 한층 더 대담하게 치솟은 첨탑(尖塔)을 첨가하는 것
이다. 끝으로 그들은 서로 마구잡이로 덤벼드는 전사(戰士)
이기도 하다. 참된 친구 사이에는 상하기 쉬운 감정도 자기
애도 없기 때문이다. 이와 같은 사심(邪心) 없는 싸움이 갖
는 즐거움은 아주 생생한 자의식(自意識)을 가질 수 있다는
데 있으며, 또한 상대방을 단칼에 베어 버리는 듯이 보이면
서도 실제로는 아무런 상처도 입히지 않는다는 데 있다. 그
들이 상처를 입지 않는 것은 싸움이 끝난 뒤에, 기사(騎士)
이야기에 나오는 마법사와 같은 '우정'이 전쟁터를 방문하
기 때문이다. 이 우정은 모든 부상자에게 다시 건강을 찾아
주어 쾌활하게 만들고 죽은 자를 소생시키는, 불가사의한
효험을 지닌 향유를 갖고 있다.

이와 같이 철저히 논쟁하는 것은 우정이 갖는 특권 중 하

나다. 뿐만 아니라 이런 대립에 의해서만 존재할 수 있는 우정도 있는 것이다. 예컨대 스땅달과 메리메의 우정이 그런 것이었다. 이 점에 대해 스땅달은, 아주 분명한 의견의 대립만큼 통쾌한 것은 없다고 쓰고 있다.

그러나 이런 대립이 어디까지 도달할 수 있을 것인가 하는 데 주의할 필요가 있다. 논쟁이 확산되는 범위는 당사자들에게 교양이 있을수록, 즉 자기의 관념과 정념(情念)을 구별하는 데 익숙할수록 넓어지는 것이 당연하다. 완전히 자유로운 정신은 당연히 모든 문제에 대해 논쟁할 수 있을 것이다. 이것이야말로 엘뤼시온(그리스 신화에서, 신의 사랑을 받은 사람들이 가는 안식의 들)에서 죽은 자들이 누리는 즐거움이다.

그러나 아무리 현명하다고 할지라도, 살아 있는 인간으로서는 이와 같은 평온에 도달할 수가 없다. 그렇다면 친구 사이의 의견이 다를 수 있는 것은 위기에 처해 있을 때보다는 오히려 평온한 때다. 질서가 잡힌 사회에서 정신은 현실을 초월하여 자유롭게 움직일 수 있으며, 또 그 현실의 안정을 어지럽히려고 하지는 않는다. 그럴 때에는 어떤 심각한 문제를 놓고서도 조용하고 즐거운 논쟁을 할 수가 있다.

이와 반대로 당파 싸움의 결과가 곧바로 사람들의 장래에 영향을 주리라고 생각되는 혼란한 시기에는, 친구들이 자기와 같은 편에 서서 싸워 주지 않는 것을 쉽사리 참아 낼 수가 없다. 따라서 혼란기에는 우정에 필요한 자유가 감소되고 지적인 요소보다 감정적인 요소가 우세하기 때문에 우정이 하락하게 된다고 결론을 내릴 수 있다. 그러면 사람들은 또다시 동맹을 하게 되는 것이다.

이런 견해에 대해서는 이론(異論)이 제기될 수도 있다. 즉 질서가 잡힌 시대에는 평화가 유지되는 대신 모든 사람의 사상이 어쩔 수 없이 획일화하지만, 이와 반대로 혼란스러운 시대에는 사회 질서가 파괴될지라도 적어도 모든 문제를 다시 한 번 문제삼는 즐거움을 맛볼 수 있다고 주장할 수도 있는 것이다.

그러나 나는 사물을 이렇게 보아서는 안 된다고 생각한다. 안정된 사회가 그 안정을 보증하는 원리에 대한 성원(成員) 모두의 공정한 찬사를 요구하는 것은 당연한 일이다. 참된 정신 생활을 영위할 수 있는 사람들은 이러한 원리를 인정한 연후에, 모든 이해(利害)를 떠나 그들 나름대로 마음껏 정신력을 발휘할 수 있다. 그러나 혼란스러운 시대에는 자유에 어울리지 않는 모든 사람들에게 자유의 숨바꼭질이라고나 할 만한 것이 주어진다. 그들이 논쟁하는 광경은 참으로 우스꽝스럽고 가련하여, 정신의 유희에 빠지기 쉬운 사람들까지도 여기에 혐오를 느끼게 된다.

*

한편 친구 사이에서는 의견의 사소한 불일치보다 커다란 대립 쪽이 더욱 쉽사리 허용될 수 있다. 이 후자의 경우에 있어서 대립되는 두 의견은 전쟁을 하기에는 너무 멀리 떨어져 있는 두 나라의 국민과 같다. 의견이 조금만 다르면 그 견해 차이가 감정을 초조하게 하므로 가까운 이웃끼리도 서로 적대시하게 된다.

실제로는 순수한 지적 논쟁이 사람들 사이를 갈라놓는 일은 없다. 그러나 논쟁을 이렇게 할 수 있는 사람은 극히 적으며, 대부분의 사람들은 이런 논쟁이 벌어지는 높은 차원에까지는 이르지 못한다. 의론이 벌어진 곳에 으례 말다툼이 따르는 것은 당연하다. 왜냐하면 의론을 하는 방법이 여러 가지기 때문이기도 하지만, 거기서 정신이 서로 만나는 것이 아니라 성격이 서로 충돌하기 때문이다. 반대 의견에 신경을 곤두세울 때, 우리는 언제나 어떤 기질이 허망한 사상의 대립을 통하여 자기에게 적의(敵意)를 품고 있는 것을 느끼게 된다. 이렇게 되면 두 지성이 사물의 무수한 모습을 찾아내 즐기는 그 무한한 기분 전환도 끝장이 난다.

정신은 제대로 만나면 함께 즐기게 마련이다. 서로 싸우는 것은 성격이며, 그때 우리는 싸움이 본능이라는 식의 단순하고 숙명적인 어떤 것 속에, 즉 투쟁이 삶의 진실인 것 같은 상태에 또다시 빠지지 않을 수 없다. 인간이 각기 현실적으로 존재한다는 사실 하나만으로도, 타인과는 양립(兩立)할 수 없는 어떤 당위(當爲)가 나타나는 것이다.

그런데 세상에는 좀 오만한 태도만 보여도 자기가 좋아하는 것이 모두 손상되고 싸움이라도 걸어 오는 것처럼 생각하는 인간이 있다. 이런 인간을 보면 화를 내지 않을 수 없다. 그래서 우리는 이런 천생의 숙적(宿敵)을 만나 그의 의견이 자기 의견과 반대되면, 상대방에게 혐오를 느끼는 것이 이 의견의 불일치 때문이라고 생각하게 된다. 그러나 이것은 잘못이다. 그것은 핑계에 지나지 않는다. 왜냐하면 상대방이 가끔 우리와 같은 의견을 말하는 경우가 있어도 마음속으로 더욱 언짢게 여겨 그의 동의를 거부하기 때문이다.

우리는 애인을 빼앗기고 싶지 않은 것처럼 사상을 빼앗기거나 더럽혀지는 것도 싫어한다. 즉 인간은 의견이 반대이기 때문에 논쟁을 하는 것이 아니라 논쟁을 하기 위해 반대 의견을 갖는 것이다. 마음껏 논박할 수만 있다면 이론이 서툴러도 상관이 없다.

대립되어 있는 것이 사상인 것처럼 보이지만, 참으로 대립되어 있는 것은 서로 반발하는 성격이다. 그래서 사회에 큰 위기가 닥칠 때면 그처럼 급속히 여러 당파가 생기게 되는 것이다. 이전에 친밀했던 것은 기만에 불과하다. 가장 마음에 맞는 듯이 보였던 동지나 가장 굳게 결합되었던 가족 속에서 생기는 그 불화와 격노야말로 본심에서 비롯된 것이다.

이럴 때에는 누구를 막론하고 가면을 벗어 버릴 기회를 발견하고 겨우 자기의 본능적인 감정을 사람들 앞에 드러내어 마음의 휴식을 느끼게 된다. 이것은 학자처럼 온화해야 할 사람이나 사제(司祭)처럼 평온해야 할 사람의 경우에도 마찬가지다. 그들의 언쟁은 평소에 발산할 수 없었던 여러 가지 감정을 드러내기 때문에 오히려 더욱 치열하다. 그러나 그처럼 언쟁을 하면서도 역시 그들은 평소의 말씨를 잊지 않는다. 그래서 더욱 우스꽝스러워진다. 사제들은 입

으로 자애를 부르짖으면서 서로 상대방을 헐뜯고, 학자들
은 공정이나 진리, 이성(理性)을 논하면서 서로 꼬집고 할
퀴고 물어뜯는다. 사실은 자기의 본능을 만족시키고 있지
만, 그들은 자기들에게도 본능이 있다는 것을 인정할 만큼
솔직한 영혼을 갖고 있지 않다.

그러나 이해(利害) 관계로 인한 경쟁이 아무리 치열하더
라도 인생의 참된 모습은 다른 데 있다. 그것은 직접적인
이익을 추구하는 것이 아니므로 이해 문제로 일어나는 경
쟁처럼 탐욕스럽지는 않지만 더욱 필연적인 투쟁 —— 아무
도 즐겨 택하여 싸우는 것이 아니며, 다만 자기의 성격을
지키기 위해 싸우는 —— 속에서 추구해야 한다. 그것은 즉
성격의 투쟁이며 이 투쟁은 결코 승부가 나지 않을 것이다.

평범한 인간의 무리는 끊임없이 모여든다. 그러나 수없
이 많은 이들 무리는 에고이즘이나 탐욕이나 선망 따위의
가엾은 깃발 아래 비로소 참여하는 사람들이다. 깃발이라
고는 넝마쪽뿐인 이 음침한 대군중과 마주 선 정열의 사람
들, 섬세한 사람들, 고결한 사람들은 실로 한 줌밖에 되지
않는다. 그러나 그들은 거대한 깃발을 가지고 있다. 그 깃
발은 대단히 훌륭해서, 그것이 쓰러지면 전투가 끝나 버릴
것이라고 생각될 정도다.

우유부단(優柔不斷)한 자들은 이리 몰리고 저리 쏠린다.
얼빠진 자들은 상처투성이가 되어 전쟁터에서 기어 나
온다. 그러면서도 그들은 그 상처를 어디에서 받은 것인지
를 모른다. 현명한 사람들은 물러가고, 비겁한 자들은 도

망친다. 친구란 같은 깃발을 갖는 것이다.

이제야 우리는 친구의 진정한 역할을 이해할 수 있다. 친구란 이해(利害) 투쟁에서의 동맹자가 아니라, 성격 투쟁에서의 동맹자다. 그들은 인생을 우리와 똑같이 이해하고 있다. 그러므로 그들의 생각이 우리와 달라도 쉽게 참을 수 있다. 즉 친구가 우리의 의견을 따르거나 우리가 그의 의견을 따르면 이와 같은 지적(知的) 갈등은 해소되며, 또 이런 일이 우리 성격의 바탕을 뒤흔드는 것도 결코 아니다.

그러나 큰 문제에 대해서는 자유롭게 다른 의견을 말하더라도 작은 문제에 대해서는 친구와 의견을 같이하는 것이 절대로 필요하다. 왜냐하면 인간의 성격이란 그런 뜻하지 않은 경우에 분명히 나타나는 것이며, 그러한 때에 각자의 본성에 접할 수 있기 때문이다. 더군다나 이 상대가 사랑하는 사람이라면 우리는 그의 본성이 비단결 같기를 바라는 까닭이다.

친구가 철학이나 예술의 문제에 있어서 우리와 반대 의견을 가지고 있다면, 우리는 그와 즐겁고 아름다운 언쟁을 벌일 수 있을 것이다. 그러나 어떤 사람이 가난한 사람을 가혹하게 대하거나 여성에게 무례한 짓을 하거나 손아랫사람에게 난폭하게 군다면, 그가 아무리 우리를 칭찬해 주더라도 그는 우리와 같은 부류에 속하지는 않는다. 그리고 그는 우리와 아무런 공통점도 갖고 있지 않은 인간이다. 우정은 정신적인 측면으로 발전해 가는 것이긴 하지만 그것이 형성되는 것은 다른 측면에서기 때문이다.

그러므로 어떤 부류의 친구는 만나기만 하면 언제나 언쟁을 벌이지만, 그래도 우정에는 아무런 지장이 없다. 그들이 겨루는 결투장은 우정이 가장 밝게 비친 부분이지만 또한 가장 좁은 부분이기도 하다. 그들의 모든 일치 영역은 이 좁은 부분에서 비롯되어 서서히 확대되고 있다. 본능의 유사점이나 취미의 근사치는 적어도 지성의 화합과 같은 정도로 우정에 관계가 있다.

그러나 이와 같은 교제에 있어서 정신에서 비롯되는 것은 모두 화려하게 빛나는 데 비해, 감성(感性)에서 비롯되는 것은 사람들에게 알려지지 않아 그다지 분명히 의식되지 않고 있다. 하지만 가장 추상적이고 감정이 섞이지 않은 이야기를 나누는 사람들도 자기들의 의론 밑바닥에 은밀한 친근성이 있음을 느끼지 못한다면 그토록 즐거울 수는 없을 것이다. 친구끼리의 대화는 거기에 분명하게 드러나는 사상에 의해서만이 아니라 숨어 있는 모든 감정에 의해서도 매우 흥미진진한 것이다.

그러므로 처음에는 우리를 슬프게 했던 것이라도 상대방에게 알려서 즐겁지 않은 것이 없다. 친구와의 사귐이 추악함과 관계가 없는 것일 때, 그와 더불어 시대의 추악상을 개탄하는 것은 즐거운 일이다. 그리고 인간이 혐오할 수만은 없는 존재임을 스스로 증명해 주는 그런 친구와 함께 인간 혐오를 가장해 인간을 욕하는 것도 참으로 즐거운 일이 아닐 수 없다. 이리하여 우정이 완벽해졌을 때, 그것은 정신의 궁전에서 열리는 마음의 향연이 된다.

진정한 우정이 지적인 교제에서 형성된다는 사실을 유의하는 것만으로는 충분치 않다. 진정한 우정은 그런 것을 넘어서서 지속되어야만 비로소 중요성을 갖게 된다. 그것은 비슷한 원인으로부터 출발하는 것이며, 종국에 가서는 같은 것을 갈망하게 된다. 두 사람의 감성(感性)이 공감대를 형성하지 않는다면 우정은 현실적으로 존재하지 못하며, 위대성에 대한 공통된 숭경(崇敬)이 없다면 완전한 우정은 존재하지 못한다.

이리하여 우리는 이 우정이라는 감정이 자기 내면에서 발전하기 위해 어떤 조건을 필요로 하는가를 알게 된다. 즉 그것은 우리의 내적 생활의 풍요함과 관계가 있는 것이다. 인간이 육체를 갖고 있는 이상 애정은 언제나 필요하다. 그러나 우정의 필요성은 주로 영혼이 얼마나 정화되어 성장하고 있는가에 달려 있다. 습관에 의해 마음이 둔해지고 세상사에 마음을 빼앗기면, 우리는 우연히 알게 된 이웃으로 만족하며 그것으로 충분하다고 생각하게 된다. 그러나 우리의 모든 능력이 고양되어 스스로 세상 사람들로부터 떨어져 있을 때야말로 인간성으로부터 떨어지고 싶지 않다고 느끼게 되어 한 인간 속에서 다시 인간성을 확실히 파악하려고 하는 것이다.

친구란 고귀한 영혼을 지닌 길동무다. 그는 우리의 천성이 최고도로 발휘되는 것을 도와 주며 우리 역시 그가 같은 목표에 도달하는 것을 돕는다. 참된 친구는 외돌토리가 될 우려가 있는 곳에서만 만날 수 있으며, 바로 여기에 이 우정이 갖는 비극과 아름다움이 있다. 실제로 우정이란 고독이라는 지고(至高)의 공기를 단둘이 마시는 데 있다고 말하는 이외에는 우정의 영웅적인 즐거움을 보다 더 강하게 표현할 방법이 없을 것이다.

*

우정을 분명히 이해하려면 모든 측면의 우정을 생각해 보아야 한다. 우정에는 온화한 우정이 있는가 하면 격렬한 우정도 있다. 전자는 감정이 유유히 즐기고 있는 모습을 보여주고 있지만, 이런 우정을 느끼려면 정신적인 탁월성이 필요하다. 후자는 감정이 활동하는 모습을 나타내고 있으며, 이것은 위대한 영혼이 있어야 가능할 것이다.

함께 모여 인생을 논하고 있는 친구들은 고원(高原)을 산책하고 있는 사람들과 같다. 그러나 상대방의 얼굴을 보면 언제나 자랑스러움을 느끼게 되는 친구 사이는, 같은 정상을 향해 오르는 사람들과 같다. 한쪽은 있는 그대로의 모습을 즐기기 위해 모였으며, 다른 한쪽은 있어야 하는 것이 되기 위해 모인 것이다. 이 후자의 경우야말로 우정의 가장 훌륭한 모습을 보여주고 있다.

이런 교제가 얼마나 가치 있는지 이해하려면, 여러 가지 사정으로 훌륭한 사람과 친하게 사귈 수 없는 경우 그러한 사람과 만나는 것만으로도 우리에게 얼마나 도움이 되는가를 생각해 봄이 좋을 것이다. 이런 만남은 우리가 어떤 이상(理想)에 대해 품고 있던 믿음을 확인시켜 준다. 인간의 가치에 대한 그 어떠한 고귀한 신념도 실제의 경험을 통해 그 정당성을 입증하지 못하는 이상 다소 독선적이고 과장된 요소가 남게 된다.

분명히 우리는 위대한 인간들이 자기 신념의 지주(支柱)로서 예술이나 역사 속에서 자기 자신에 대해 남긴 확실한 증언을 항상 갖고 있다. 그러나 이와 같이 눈부신 망령(亡靈)들을 불러일으키는 것과, 우리처럼 날마다 평범한 생활에 파묻혀 있지만 현재 우리의 눈앞에 있다는 사실만으로도 인간의 위대성을 증언하고 있는 사람과 만난다는 것 사이에는 커다란 차이가 있다.

나중에도 우리는 그의 눈길이나 목소리를 기억하고, 몸과 마음이 모두 그에 대해 이야기할 수가 있다. 이렇게 하여 참으로 위대한 사람과 접하면, 그 후에는 이미 어떠한 세속적인 것에도 기만당하지 않게 될 것이다. 그리하여 모든 거짓된 위대성을 타파하는 동시에 참된 위대성을 측정하는 데 유용한 하나의 황금 자를 손에 넣게 된다. 그리고 요행히 그 사람이 우리의 친구라도 된다면, 그야말로 이보다 더 큰 복은 없을 것이다.

뛰어난 인간에게서 얻는 엄청난 혜택은 우리가 갖고 있는 가장 고귀한 것을 확인하는 데 있다. 그때 우리는 행복한 당혹에 빠져 자기의 성격이 변하기라도 한 것처럼 생각하지만, 사실은 있는 곳이 달라졌을 뿐이다. 그때까지 우리가 느껴 온 것과는 반대로 그곳에서는 우리 속에 있는 가장 보잘것없는 것이 가장 불확실한 것으로 생각되고 허영심이나 완고성이나 에고이즘 등 우리 내부의 제일 비참한 부분이 무너져 가고 죽어 가는 것을 느끼게 된다.

한편 우리의 삶은 그 절정에서 빛난다. 그래서 낮 동안에는 거의 현실적인 것이라고 생각되지 않을 만큼 희미하게 보이던 산봉우리들도 저녁이 되면 산호빛과 히아신스 색깔로 물들어 어둠에 묻힌 풍경 가운데 단 하나 변치 않는 부분으로서 하늘에 자랑스러운 모습을 드러내는 것이다.

이런 우정에는 평소에 자기 마음에 충분한 양식(糧食)을 공급하던 영역을 넘어 신(神)의 은총을 가져다 준다고 하는 행복이 있다. 거기에는 또 무한한 신뢰의 기쁨이나, 언제나 이해받을 것으로 깊이 믿기 때문에 어떤 말이라도 할 수가 있다는 즐거움, 그리고 영웅적이고 아무런 허식이 없는 생활의 도취가 있다. 승리를 뽐내는 저속하고 우매한 자들의 머리 위에서 우뢰처럼 울려 퍼지는 저 솔직하고도 지고한 웃음이 있다.

그런데 이와 같은 우정에는 더욱 희귀한 특권이 있다. 즉 모든 숭고한 것을 가까이하는 일이다. 이 우정의 호소를 거역하는 위대성이란 있을 수 없다. 이런 친구를 만나 감정이 고양(高揚)되면 그것은 정신 생활에도 효력을 발휘한다. 그들의 지성은 결국 산꼭대기에 세워진 천문대와 비슷하다. 구름 한 점 없는 밤이면 아무리 먼 세계라도 큰 망원경의 맑은 렌즈에 선명히 나타나듯이, 그들이 그 주의 깊은 찬탄의 마음을 인간이라는 우주의 하늘에서 빛나는 별들로 돌리기만 한다면 많은 천재들이 내려오는 것을 볼 수가 있다.

이와 같은 고귀한 행복을 위협하는 위험은 오직 하나뿐이다. 그러나 그 위험은 대단히 크다. 두 사람의 친구 가운데 한 사람이 죽을 수도 있기 때문이다. 그럴 때 뒤에 남은 사람이, 프랑스의 작가 라보에시가 죽은 후에 친구인 몽떼뉴가 그랬던 것처럼, 안정을 찾지 못하고 방황하는 것은 충분히 납득할 수 있다.

그러나 이처럼 큰 불행도 이런 우정이 주는 혜택을 잃게 하지는 못한다. 친구를 잃은 것이 우리의 기쁨을 파괴하기는 하지만, 그렇다고 해서 친구에 의해 얻게 된 확신을 빼앗기지는 않기 때문이다. 뒤에 남은 우리에게 있어서 그는 변함없이 고귀한 증인이며, 그 영혼만으로도 그 자신과 마찬가지로 우리의 우주를 떠받치기에 충분한 것이다.

이런 훌륭한 교제에 비하면, 소수의 선택된 사람들과의 즐거운 교제만으로 만족하고 있는 우정은 빛을 잃는다. 대부분의 사람은 진정한 친구가 발견되지 않더라도 몇 사람의 친구가 있으면, 마치 형제가 없는 사람이 사촌 형제가 있다고 해서 체념하는 것처럼 일단 자위하고 체념한다.

그러나 우리는 이런 관계가 갖는 가치와 매력도 무시해선 안 된다. 미리 운명으로 정해진 것 같은 두 영혼의 놀라운 만남에는 미치지 못하며 따라서 당연히 그러한 만남에서 느껴지는 승리는 맛보지 못하더라도 우리 눈앞에 보이는 많은 조약돌이나 가짜 다이아몬드 사이에서 값진 물건의 미묘한 반짝임을 찾아낸다는, 말로 다할 수 없는 기쁨을 느낄 수는 있기 때문이다. 보통의 우정 속에도 그 우정을 숭고한 것으로 만드는 효모(酵母)가 언제나 어느 정도는 들어 있는 것이다.

다른 사람과의 접촉으로 더럽혀진 몸을 함께 씻는 고아(高雅)한 사람들은 그들이 하는 말이 아무리 조심스러워도 역시 심판자임은 숨길 수 없으며, 우쭐거리는 범속한 무리에게 지성으로써 명쾌하게 보복한다. 그들은 몇 마디 말만으로도 부풀어 오른 거짓 영광의 허상을 날카롭게 지적해 위축시킨다. 어리석은 자나 근성이 비뚤어진 자, 비천한 자, 시샘하는 자, 비겁한 자는 여기에 낄 수 없다.

친구끼리의 모임이 이루어지면 아무리 조심을 하더라도 항상 인간성의 변화를 초래하게 마련이다. 그것은 일종의 잠재적 신비성(神秘性)이 없으면 결코 형성될 수 없는 것이다. 그러므로 이런 친구들은 은연중에 서로 마음을 합쳐서 늘 인간의 저속함과 싸우고 있다.

설사 자기를 회의적(懷疑的)인 인간이라고 생각하는 사람이라도 아무것도 믿고 있지 않다면 벌써 함께 있을 필요가 없을 것이다. 그들은 모이는 순간부터 인류가 만들어 낸 가장 고귀한 사람들의 비호를 받는다. 그들이 그런 훌륭한 사람들에게서 의견을 구하는 데에는 한마디의 말과 약간의 암시로 충분하다.

그들이 가장 조용히 이야기하고 있을 때나, 자기들의 이성(理性)을 즐기는 데 몰두하여 영혼의 승화와 같은 것은 전혀 생각하지 않는 때라도, 그 머리 위에는 언제나 별이 반짝이는 하나의 세계가 펼쳐져 있다. 그들은 이야기를 나

누면서 가끔씩 그 세계를 손으로 가리킨다. 우정의 별이 빛
나는 이 하늘이야말로 바로 위대한 사람들인 것이다.


# 3


우리가 선택한 우정이 아무리 절대적인 것이라 하더라
도, 이제 우리는 그 선택이 결코 단순하게 이루어지지 않
는다는 것을 알고 있다. 우정의 선택에는 우리 천성의 모든
부분이 관여한다. 그러나 그 중에서 몇몇 부분은 눈에 띄지
않게 개입하는데, 특히 이 부분을 자세히 살펴볼 필요가
있다.

참된 친구는 서로의 감춰진 유사성(類似性)에 의해 가까
와지고 평범한 친구는 표면상의 유사성에 의해 가까와
진다. 많은 사람들은 하는 일이 같다거나 같은 종류의 취미
를 가지고 있다는 것을 보여주거나 심지어 그것을 가장하
기만 해도 서로가 친구라고 생각하는 것이다.

그러나 이와 같은 외견상의 유사성이 때때로 반감만을
불러일으킴에 반해 상대방의 행위 하나하나가 모두 자기와
는 거리가 멀어 보이는데도 더욱 그런 사람들 쪽으로 마음
이 이끌리는 경우도 있다. 이러한 경우에 그들로부터 얻는
공감은 결코 우연에 의한 것이 아니다. 그뿐만이 아니다.
가장 견고하고 진실하게 생각되는 어떤 우정의 내면 깊숙
한 곳에서 발견되는 감정은, 자기 혼자서는 어떻게도 할 수

없으므로 남이 드러내 보이는 모습에 의해 자신을 확대해 보려는 영혼의 갈망인 것이다.

평범한 인간은 현재의 삶 이외의 생활은 상상할 수도 없다. 그들은 이 현재의 생활에서 자신의 모든 것을 찾아낸다. 그러므로 그들은 친구를 자기와 비슷한 사람들 속에서 고른다.

이와 반대로 인간은 어느 정도 내면적으로 풍요해지면, 자기가 해온 일은 자기의 천성 전부를 나타내고 있지 않으며 실제로 가동하고 있는 여러 가지 능력 밑에는 아직 발휘하지 못한 여러 가지 자질이 깔려 있다는 사실을 자각한다. 이 자질들은 아직 표면화되지 않았지만, 자신의 또 다른 모습을 보여줄 수도 있는 것이다.

이와 같은 자신의 환상에 대답해 주는 것이 친구의 인격이다. 친구들을 통해 비로소 인간은 완성된다. 친구는 이를테면 우리가 실행하지 못했던 온갖 활동 분야의 대표자며 대리인이다. 그들과 사귀면 우리는 우리 자신의 경험에 그들의 경험을 덧붙일 수 있다. 그러므로 우리는 현실화한 자신과 현실화하지 못한 자신에 의해, 다시 말해서 우리의 유연성(類緣性)과 향수(鄕愁)에 의해 친구를 택하는 것이다.

자기가 하지 못했던 일이야말로 진실이라고 생각하는 것은 인간이 끝까지 버리지 못하는 착각이다. 학문을 하는 사람이라도 일의 노예에 불과한 인간만 아니라면 때로는 고개를 들고 하늘에 떠 있는 한 조각 구름의 신성(神性)을 바라보고, 일의 허망함이 적어도 쾌락의 허망함과 같다는 사실을 느끼지 않을 수 없을 것이다. 탕아(蕩兒)라 하더라도 단지 향락에만 집착하는 인간이 아니라면 여러 가지 추억이 자기 내부 여기저기에서 쌓여진 장미처럼 썩어 가는 것을 느끼는 데 지치고 학자의 조용하고 충실한 학구 생활이 부러워져서, 어둠 속에 반쯤 드러난 침대의 흰색이 등불 밑에 펼쳐진 커다란 책의 흰색보다 못하다고 생각하지 않을 수 없을 것이다. 활동가도 거칠기만 한 인간이 아니라면 사상(思想)의 등대를 밝혀 자기 몸과 행위를 비춰 주기를 바랄 것이다.

평범한 인간이 파당적으로 결합되어 있는 것은 속악(俗惡)하지만 당연한 일이다. 그러나 실업가나 시인, 정치가, 의사, 군인 등이 각자 특수한 경험의 일반적 결과를 서로 전하여 서로가 성장할 수 있다면, 그들은 그렇게 함으로써 자기의 우수성을 증명하고 있는 것이다. 즉 그들은 친구가 됨으로써 서로 대등한 인간임을 보여주고, 모두 힘을 합쳐 인간을 개조하고 있는 것이다.

가장 충실하면서 가장 즐거운 우정이란, 본질적인 유사성에 될 수 있는 대로 많은 상위(相違)를 결부시키는 우정이다. 그것은 어느 모로 보나 전혀 상반되는 것처럼 보였던 두 인물이 형제였다는 것을 나중에 알게 되는, 저 옛날의 연극과 같은 것이다. 그것은 서로 상대를 아는 것이다.

*

친구의 성격에 대해 우리가 많은 것을 요구하는 것은 당연하지만, 이것이 어떤 종류의 요구인지 분명히 정의할 필요가 있다.

우리는 친구에게 평범한 완성 따위는 요구하지 않는다. 우리는 참된 우수성을 요구하며, 적어도 그래야 하는 것이다. 만일 누군가가 색다르게 행동하면 우리는 곧 그의 본성을 알게 된다. 상대방의 사소한 결점을 관찰하고 위대한 성격을 눈앞에서 지워 버리며 다행이라고 느끼는 것은 평범한 인간의 특징 가운데 하나다. 그것은 마치 활활 타오르는 불빛을 가리기 위해 눈앞에 작은 간막이를 세우는 것과 같다.

이처럼 기벽(奇癖)이나 익살에 의해 인간을 판단하는 것은 정확하다고 볼 수 없다. 인간에게 그런 불완전한 면이 있는 것은 사실이지만, 이것이 그 인간을 특징지울 수도 없고 분명히 드러내는 것도 아니기 때문이다. 한 인간을 올바르게 대하는 태도는 하나뿐이다. 무엇보다도 그 사람이 갖고 있는 본질적인 것을 파악하고 그가 살고 있는 기반을 명백히 하는 것이다. 그의 성격의 지엽적인 특성에 호기심을 갖는 따위의 일은 나중에도 할 수 있다.

인간은 흔히 결점이라는 말을 하는데, 사실 그 말에는 여러 가지 의미가 포함돼 있으므로 이것을 구별할 필요가 있다. 아뭏든 이 말은 대부분의 사람들이 자기보다 뛰어난 모든 것을 퇴색시키기 위해 쓰지만, 그 결과 오히려 자기들에게 결여되어 있는 장점을 드러내기도 한다. 또 때로는 특수하고 색다른 태도를 가리키는 경우도 있다. 이러한 태도는 칭찬할 수도 있도 비난할 수도 있지만, 만일 그것이 우리 마음에 들고 우리를 도취하게 하는 어떤 성격의 가장 날카로운 단면을 보여준다고 생각될 경우에는 참으로 매력적인 것이 될 수 있다. 그런가 하면 때로는 분명히 기벽(奇癖)이기는 하지만 구태여 지적해 말할 것도 없는 기벽을 가리키는 경우도 있다.

어떤 결점은 참으로 그 사람이 전체적으로 저급(低級)하다는 것을 표시해 주는 경우가 있다. 그리고 그 결점을 관찰할 필요가 있는 것은 이런 경우뿐이다. 왜냐하면 그 결점은 어떤 성격의 한계를 나타내고 있기 때문이다. 설사 사람들이 우리의 결점을 파악했더라도 그것으로 우리들 자체를 이해했다고 자랑하게 되지 않는 한, 몇 가지 결점을 갖고 있다는 것은 별로 큰 문제가 아니다.

*

그러므로 친구가 어떤 면에서든 뛰어난 가치를 갖고 있으면 우리의 선택은 정당했다고 할 수 있을 것이다. 그런데 여기서 도덕상의 문제가 생긴다. 많은 사람들은 어떤 사람의 장점이 아무리 눈부시고 매혹적이라 하더라도, 그 사람이 도덕적 가치에서 월등하지 않으면 친구로 삼을 수 없다고 말한다. 이런 요구처럼 훌륭한 것은 없다. 그러나 그 의미를 분명히 해두는 것이 중요하다.

첫째로 친구에게 그런 분명한 미덕을 요구하는 것은, 우리의 갈망이 고결할 뿐 아니라 어느 정도는 그것을 이용하려고 생각하기 때문이 아닐까? 즉 그들이 성실하고 믿음직스럽고 용감하고 충실하면 우리가 그들을 가까이하여 얻는 이득도 그만큼 확실해질 것이다. 그러나 여기에 그치지 않는다. 많은 사람들이 도덕에 관하여 그처럼 까다로운 태도를 보이는 것은, 만날 때마다 허영심을 상하게 하는 유능한 사람들을 그것에 의해 추방할 수 있기 때문이다. 이리하여 몹시 추악한 감정을 만족시키고 있는 주제에, 그들은 자못 고귀한 듯한 태도를 짓는 것이다. 그 매혹적인 재능으로 본다면 당연히 모든 사람의 사랑을 받아 마땅한 예술가들을 공박하기 위해, 그들의 무절제한 사생활이나 그 밖의 다른 약점이 그토록 자주 들먹여졌던 것도 이런 까닭에서였던 것이다.

그러나 여기까지 주의를 기울인 이상, 존경이라는 기반 위에 서지 않으면 우정이 이루어질 수 없다고 진지하게 생각하는 사람들에게로 되돌아가야겠다. 이와 같은 감정에는 두 가지 원인이 있을 수 있다. 즉 그들이 도덕적인 가치를 크게 존중하고 있거나 아니면 다른 분야에 속하는 가치를 대수롭지 않게 여기고 있거나 둘 중의 하나다.

선악(善惡)이라는 도덕적 단계는 보통 사람이 확실하게 머리에 그릴 수 있는 유일한 것임을 우리는 알아야 한다. 즉 거기서는 등급에 따라 올라가는 사닥다리가 분명히 눈에 보인다. 이와 반대로 재능의 우수성 같은 것은 그들의 눈에 언제나 몹시 희미하고 의심스러운 것으로 비친다. 따라서 사상이나 예술의 왕후(王侯)보다 미덕의 대령(大領)이 갖는 성실성 쪽을 더 쉽게 머리에 그리는 것이다.

그들이 무엇보다도 도덕적 단계에 집착하는 이유가 또 하나 있다. 그것은 그들이 승진을 기대할 수 있는 유일한 것이기 때문이다. 확실히 문자 그대로 평범한 인간은 어떤 영역에서나 두드러진 존재가 될 수 없다. 이들보다 조금 위의 많은 선량한 사람들은 도덕적으로는 성장할 수 있어도 자기의 정신을 완성시키려면 어떻게 행동해야 좋을지조차 모르는 것이다. 그들은 이 방면에서는 아무것도 손에 넣으려고 하지 않는다. 성격 결함을 고치는 데 대해서는 아주 열심이지만, 오성(悟性) 속의 결점은 체념하고 한평생 지니고 산다. 성실한 사람으로서 어느 정도의 성장을 하지 못하는 경우는 거의 없다. 그러나 하나의 역사를 갖는 것은 위대한 정신뿐이다.

사실상 우리 모두는 지성(知性)에 의해서가 아니라 성격에 의해서 판단되는 수가 많으므로, 인간의 선택에서 도덕적 고찰에 중점을 두는 것은 좋은 일이라고 할 수 있을 것이다. 이것은 언뜻 보아 그럴 듯하게 생각된다. 그러나 조심스럽게 살펴보면 사실은 다르다는 것을 알 수 있다. 우리는 누구나 다 성격을 갖고 있지만, 저마다 분명한 자기의 지성을 갖고 있는 것은 아니다. 만일 상대방이 주로 정신에 의존해 살아가는 사람이라면, 문제는 그의 성격이 아니라 그의 지성에 있다. 그의 사람됨은 이 지성이라는 측면에서만 파악할 수 있는 것이다. 이 지성이라는 능력은 비개성적(非個性的)인 것으로 생각될지 모르지만, 그의 사람됨은 그가 느끼는 방식이나 행동하는 방식에서가 아니라 오히려 이해하는 방식 속에서 더 잘 파악될 수 있다.

만일 사람들을 단지 관찰하기만 할 것이 아니라 인생에 대한 그들의 여러 가지 이해 방법을 함께 느껴 왔다면, 그리고 이질적인 여러 계층이 얽혀서 위대성은 그처럼 무시되고 저열성은 그처럼 존중되는 상황을 저 무수한 인간들이 만들어 내고 있다는 것을 생각한다면, 어떤 인간에게도 가치의 존재 방식은 다르다는 것을 알 수 있다.

만일 어떤 사람이 일반적 가치가 될 수 있는 능력 가운데 어느 하나에만이라도 참으로 우수하다면, 그 사람에 대한 우리의 우정은 충분히 근거가 있는 것이다. 그래서 우리는 잘난 것이라곤 없으면서도 도덕적인 아름다움의 참된 기사(騎士)라고 할 수 있는 사람들을 사랑하는 것이다.

그러나 우리는 더없이 약하고 믿을 수 없지만 정신의 힘과 섬세함과 자유로움——이 성격을 통하여 그의 모든 약점이 만회될 것이다——을 가지고 있는 사람들도 사랑한다. 다만 이 경우에 그들이 가지고 있는 최악의 단점이 최량의 장점을 망치지는 않아야 한다.

우리는 그들의 약점에 대해서는 대단히 관대하지만, 그들이 가진 장점이나 굴복하기 싫어하는 태도 등에 대해서는 참으로 까다롭다. 우정에 있어서 이같이 행동하는 것은 도덕의 문제를 경시하기 때문이 아니라, 그것을 더욱 세밀하게 이해하기 위해서이다. 왜냐하면 어떤 영역이든 도덕적인 골격에 의해 유지되고 있지 않는 가치는 없기 때문이다.

어떤 사람이 성격은 모든 일에 관여하지만 정신만은 결코 아무것에도 종속되지 않고 독자적인 생활을 하고 있다면, 그 사람은 적어도 그 점에서는 역시 고귀한 사람이며 자기를 구제할 능력을 가지고 있는 것이다. 한없이 방종하고 타락한 생활을 하고 있지만 일할 때는 오직 자기의 이상에만 따르는 예술가들, 좋은 남편이며 좋은 아버지이기는 하지만 돈을 위해서라면 무책임한 일도 서슴지 않는 예술가와 견주어 볼 때, 적어도 도덕 수준은 같다고 할 수 있다. 아니 그의 덕은 그의 중심부에 자리잡고 있으며 그의 본질적인 기능에 결부되어 있으므로, 오히려 보다 도덕적이라고 할 수도 있다.

이와 같이 인간에 관한 우리의 인식이 세련되고 깊어짐에 따라, 우정 선택의 범위도 넓어진다. 우정의 다양성은 우리의 취미와 성격의 다양성에 따른 것이다. 이에 따라 우리와는 저마다 친구인데 그들 상호간에는 친구가 될 수 없을 만큼 다양한 사람들을 우리의 공감대 속에 모여들게 하는 일도 일어날 수 있는 것이다.

따라서 아름다운 영혼을 추구하는 일만큼 고귀한 것이 없다면, 남달리 섬세하고 파악하기 어려운 성격이 지닌 여러 가지 가치에 도덕이라는 포탄을 쏘아 파괴해 버리려 하는 것보다 속되고 나쁜 일은 없다는 것도 이해할 수 있다. 마찬가지로 서로 모순되는 가치를 사람들에게 요구해서는 안 된다는 것도 알 수 있을 것이다.

누군가가 그 풍부하고 깊은 체험에 의해 우리를 매혹시 킨다면 그것으로 만족해야 하며, 그에게 오점 하나 없는 완벽을 요구해서는 안 된다. 그가 그런 것을 소중히 여기고 있었다면 많은 것을 배우고 익힐 여유가 없었을 것이기 때문이다. 가장 덕이 높은 사람은 곧은 길을 가는 사람이라고 할 수 있는데, 곧은 길이란 정의상 최단 거리가 된다. 따라서 가장 순수한 사람이 동시에 가장 풍부한 내면 세계를 가진 사람이라고 할 수는 없다. 어떤 사람이 수많은 유혹에 몸을 맡겨 버리거나 인생의 모든 호소에 쉽사리 굴복하지 않았다면, 물속에서 올라오는 잠수부처럼 우리의 발 밑에서 전개되는 그 불가사의하고 흥미 깊은 여러 가지 보물을 주워 모을 수 없었을 것이기 때문이다.

우리는 어떠한 도덕적 관점과도 관계 없이 순전히 호의에서 비롯된 우정을 맺을 수도 있으며, 때로는 존경심 없이도 상찬(賞讚)하는 마음이 일어날 수 있다.

또한 존경 같은 것은 전혀 받을 성싶지 않은 사람에 대해 은밀한 존경심이 일어나기도 한다. 가장 올바른 도덕의 소유자가 반드시 가장 품위 있는 행동을 한다고 볼 수는 없다. 형식주의자(形式主義者)는 큰 잘못을 피하는 데 그치지만, 언제나 나무랄 데 없이 행동했다고는 도저히 말할 수 없는 사람들이 어떤 때는 고결한 기사(騎士)처럼 행동하는 것을 볼 수가 있는 것이다. 우리가 이런 사람을 상대할 때, 그들에 대한 신뢰감은——조금 성질을 달리하기는 하지만——역시 확고한 것이다. 우리는 그들이 나쁜 짓을 전혀 하지 않는다고는 생각지 않지만, 추잡한 짓은 하지 않을 것으로 믿는다. 즉 그들을 세상 일반의 비난으로부터 감싸 주려고는 생각하지 않지만, 그들에 대한 호의는 변치 않을 것이다.

친구를 발견하기 위해 인간들 속에서 행하는 이와 같은 탐험의 매력은, 우리와 관계되는 문제로 우리 자신만이 모험을 하는 것이므로 절대로 자유롭다는 데 있다. 이 경우에 우리는 최후의 심판과도 같은 즐거움을 얻을 수 있다. 즉 우리와 관련이 있는 사람들을, 그 행위가 세상의 척도와 맞는가에 의해서가 아니라 그 기준의 원천과 근본과 본질에 따라 살펴볼 수 있는 것이다. 이러한 심판은 우리만의 문제이므로 허용될 수 있다. 그리고 음탕한 사람들 속에서 보기 드문 섬세한 사람을 찾아볼 수도 있고, 또 사람들의 존경을 한 몸에 받고 있지만 영혼이 빈약해 그것을 덕행으로 꾸며 온 인간을 경멸해 볼 수도 있다.

외양(外樣)만 본다면 우정도 연애와 마찬가지로 일종의 미묘한 타락을 경험하는 것이라고 생각할는지도 모른다. 그러나 사실은 전혀 다르다. 연애의 즐거움은 타락 자체에 존재하지만, 우정은 그 우정을 해치고 있는 외관(外觀)의 그늘에 숨은 고아한 성질을 찾아내는 것이 언제나 문제이기 때문이다.

이런 친구는 특수한 마음의 명령과 대담한 선택에 의해 특별히 고른 상대이기 때문에 더욱 마음에 드는 것이다. 그들은 다른 누구보다도 우리와 가까우며, 그들은 만났을 때 그들에게 이끌리는 자기의 호감이 매우 진지한 것임을 느끼지 않을 수 없다. 즉 우리는 그들을 단지 인간으로서만이 아니라 어느 정도는 술을 사랑하는 기분으로 사랑하고 있다. 우리는 그들의 천재적인 향기, 말하자면 꽃향기를 맡고 있는 것이다.

*

친구는 완전한 평등 속에 존재한다. 이 평등은 우선 서로 만났을 때 모든 사회적인 상위(相違)를 서로 잊는 데서 생겨난다. 그래도 역시 정신과 재능의 차이는 남지만, 그로 인해 우정이 저해받는 일은 없을 것이다. 왜냐하면 그들은 자신들이 어떤 사람이냐 하는 점에서가 아니라 무엇을 사랑하고 있느냐 하는 점에서 평등하다고 생각하고 있기 때문이다.

그러나 우정이 이렇게 사회적 질서를 초월해 있다고는 해도, 역시 거의 같은 계급 출신일 필요가 있다. 물론 사회적 지위의 차이로 인해 그 우정이 저해받지는 않는다. 안정된 사회에서는 모두가 자신의 지위를 받아들이기 때문에 그것이 잊혀진다. 그 결과 허영심이 늘 깨어 있지 않고 마음이 자유롭게 결합될 수 있다. 이것은 안정된 사회가 갖는 가장 큰 이점 가운데 하나이기도 하다.

그러나 우정은 애정과는 다르다. 저명한 옛 사람들이 노예를 친구로 삼았던 것도 납득이 가는 일이다. 그들 사이의 사회적 격차는 엄청난 것이었지만, 그들의 지식과 취미가 비슷해 사회적 격차를 쉽사리 무시할 수 있었기 때문이다. 그러나 그러한 관습이나 교양이 결여되어 있는 경우에는 그보다 훨씬 작은 사회적 격차도 훨씬 두드러지기 쉬워 우정의 발전을 저해하게 될 것이다.

아주 오랜 문명을 가진 나라에서는——그 국민이 타락해 있지 않은 한——내면이 크게 세련되어 있지는 않지만 전혀 촌스러운 점이 없는 사람들을 찾아볼 수 있다. 또한 그러한 곳에서는 한 사람 한 사람이 교양을 갖고 있는 것은 아니지만, 부지불식간에 교양의 향기가 배어 있는 사람들을 찾아볼 수 있다. 논밭에서 일하는 농부는 남의 눈에 띄지 않는 신사이며, 노점의 직인(職人)은 세상에 알려지지 않은 명인(名人)이다.

이런 인간을 완전한 교육을 받은 인간과 결합시키는 우정의 기반만큼 고귀하고 견고한 것은 없다. 그들 사이에 이루어지는 평등성(平等性)은 양쪽 모두가 나무랄 데 없는 우정의 경우처럼 분명하지는 않지만, 그에 못지 않게 진실한 것이다. 이 경우에 한쪽은 그들이 변화해 이루어진 모습에 의해, 다른 한쪽은 이전과 달라지지 않은 본래의 모습에 의해 가치가 있다. 아마도 전자 쪽이 보다 학자답다면 후자 쪽은 보다 현자(賢者)답다고 할 수 있을는지 모른다. 인간 사이에 형제애가 느껴지는 것은 평등주의적인 사투르누스 축제(해마다 12월 17일부터 7일간 열렸던 로마의 수확제. 모든 일이 중단되고 노예도 일시 해방되어 축연에 참가했다)에서가 아니라, 이 진지하고도 정다운 우정 속에서다.

*

　우정은 대체로 이미 인생을 맛본 사람들 사이에서만 존재할 수 있다. 이것은 우정이 갖는 조건 자체에서 비롯된다. 즉 친구들끼리 나눌 수 있는 보배란 경험뿐이기 때문이다.

　젊은이들은 결단력이 없는가 하면, 한편으로는 대담한 행동도 한다. 그들이 어떤 감정에 휩싸여 있더라도, 그것은 대체로 연애를 맛보고 있을 뿐인 것이다. 그들의 우정은 극단적이기는 하지만 확고한 것이 아니며, 사소한 일로 인해 친구가 경쟁 상대로 변한다.

　노인과 청년 사이에 우정이 맺어질 수 있을까? 그런 일은 흔치 않을 테지만 예외적인 인간에게는 가능한 일이다. 그들에게는 자기들이 같은 부류에 속해 있다는 사실만이 중요하고, 연령 차이는 결국 우연적인 것일 뿐이어서 그런 일에는 개의치 않고 서로 어울리는 것이다. 인간의 성격이 중요시될수록 나이는 아무래도 무방하다는 사실을 덧붙여 둘 필요가 있다.

　인간의 성격은 생애의 여러 시기를 일관하여 언제나 변치 않는 것 같다. 경험을 쌓는 능력이 있는 사람은 친구가 되는 데 필요한 인간이나 사물에 관한 지식을 일찍부터 축적하기 시작하지만, 그런 능력이 없는 사람은 백발이 되어도 여전히 어리석다고 할 수 있다.

　끝으로 나이 차이가 많지만 여러 가지 공통점을 지녀 가

까와진 친구 사이에는 바로 그 연령차 때문에 어떤 이익이
나 허영심의 경쟁이 존재할 수 없다는 사실을 지적할 수
있다. 경쟁 상대가 될 이유가 없으므로 그만큼 자유롭게 서
로의 성격을 헤아릴 수 있는 것이다.


# 4


　옛날 여행자들은 무사히 들판 길을 걸어가면서도, 자기
들이 다가가는 산을 다소 두려운 마음으로 바라보지 않을
수 없었다. 노상 강도가 숨어 있을 듯한 험한 길이 있었기
때문이다.

　이와 마찬가지로 여기서 다룰 주제에도 심술궂은 독자라
면 즐거운 마음으로 매복할 몇 가지 피할 수 없는 길이
있다. 연애와 우정의 비교가 그것이다. 나는 이 주제를 피
하지 않겠다. 그것은 내가 이 시련을 어떻게 극복하는가를
호기심을 가지고 바라보는 사람들을 실망시키지 않기 위해
서만은 아니다. 이 비교야말로 우정을 그 참된 빛 아래에서
비춰 주기 때문이다.

　연애의 힘이란 그 연애가 우리에게 불어넣는 수많은 감
정의 혼란에서 나온다. 연애 속에는 자주 말해지는 상승
욕구와 그렇게까지 입에 오르내리지는 않으나 그에 못지
않게 강한 타락에의 욕구가 있다. 만일 자신을 확대할 수
없으면 스스로를 파괴한다. 정상을 얻지 못하면 수렁을 찾

는다. 평화를 얻지 못한 영혼은 그것을 단념하고 저급한 향락의 어둠 속으로 사라져 간다. 그리고 마지막엔 가령 일종의 파국에 의해서라도 생활의 평범함을 타파하려 한다. 이런 일들 역시 우리를 매혹하기에 충분하다.

연애는 상승의 관념에 의해 우리를 매혹시키지 않으면, 타락의 관념에 의해 우리를 유혹한다. 그것은 우리 자신 속에 있는 가장 고귀한 것과 가장 미천한 것에 번갈아 관련된다. 이루 다 표현할 수 없는 것으로부터 입에 담는 것조차 부끄러운 것으로, 끊임없이 우리를 뒤흔들어 놓는다.

그 반면에 우정은 줄곧 우리 안에 깃들여 있는 보다 뛰어난 부분에 말을 거는 것이다. 다만 단순히 고귀하기만 한 연애에는 퇴색해 빈약해질 위험이 있다. 즉 필요한 비료가 부족하다고 말할 수 있을 것이다. 우정은 고귀한 것일 때일수록 강해진다. 그때 우정은 이미 사멸(死滅)하지 않는 지점에 도달해 있는 것이다.

연인들은 자기들의 개인적인 우아함을 아무리 자랑스럽게 여기고 있더라도, 가장 야비한 사람들과 같은 종류의 기쁨에 도취할 수 있는 요소를 갖고 있다. 그것은 모든 생물들이 물을 마시러 오는 은밀한 샘에서 짐승들과 함께 목을 축이는 것을 지상(至上)의 행복으로 생각하는 경우다. 그러나 우정에는 이처럼 마음을 도취시키는 타락은 없다.

연애의 최대 행복 가운데 하나는 우리의 자아를 보편적인 생명 속에 융합시키는 데 있지만, 이와 반대로 우정의 최대 행복은 우리를 개인적인 생명의 정점으로 인도하는 데 있다. 연애 속에는 삶의 매혹과 죽음의 매혹이 뒤섞여 있지만, 우정은 단지 생명과 빛뿐이다. 연애는 자연이 우리에게 빌려 준 여러 가지 힘과, 우리 것은 아니지만 우리 내부에 존재하는 여러 가지 본능에 의해 절반 이상 만들어지고 짜여진 것이다. 그러나 우정은 완전히 우리의 작품이며, 본래적으로 우리에게 속해 있다.

우정이 갖고 있는 이와 같은 귀족적 성격 때문에, 둔한 사람이나 거친 사람은 결코 우정이 존재하는 높은 곳에 도달하지 못할 것이다. 그런 사람들은 참된 연애도 모를 것이라는 주장도 있을 수 있지만 이 두 가지는 분명히 다르다. 만일 그들이 조금이라도 강건한 체질을 갖고 있다면 연애에 대해 갖가지 착각을 일으킬 수 있기 때문이다. 그 착각은 그들 자신의 오만에서 비롯될 뿐만 아니라 연애에 희생된 사람들의 증언에 바탕을 두고 있으므로 더욱 확실한 것이 된다. 그러나 가장 비속(卑俗)한 정사(情死)도 이 연애 감정의 본질과 결부되어 있기는 하다.

연애의 걸작은 무수한 모방자들에 의해 모사(模寫)된다. 그리고 때로는 이런 졸렬한 그림 가운데 가장 조악(粗惡)한 것 속에도 본으로 삼았던 그림의 광채와 아름다움이 얼마간 담겨 있는 것을 발견하고 놀라는 경우가 있다. 그러나 우정의 걸작은 속인이 생각해 본 적도 없는 놀라운 것이다. 그것을 모방하려는 생각은 스스로 그것을 다시 한 번 만들어 낼 수 있는 사람에게만 떠오를 것이다. 그러므로 연애 감정은 어떤 사람에게도 다소간 존재하지만, 우정은 특정한 사람에게만 존재하는 것이다.

만일 서로 대립하는 두 힘 가운데 하나를 다른 하나의 희생물로 삼는다면, 위와 같은 비교는 가장 어리석은 시도가 될 것이다. 뿐만 아니라 이 두 힘이 각기 지니고 있는 가장 깊은 것을 찾아내는 일만이 문제가 된다.

연애는 그것이 갖고 있는 모든 맹목성과 미혹성(迷惑性), 기만성에 의해 우리를 도취시킨다. 우리는 연애가 눈앞에 펼쳐 놓은 황홀한 어떤 전망 속에서 분명한 진실을 찾으려 한다. 그것은 마치 옛날에 바다에서 길을 잃은 뱃사공이 저녁때가 되어 구름이 그려 놓은 환영(幻影) 속에서 육지의 모습을 찾아보려 한 것과 같다.

연애는 지키지도 않을 여러 가지 약속을 하지만 우정은 하지 않은 약속까지 실행한다. 거짓말이라고까지는 말할 수 없지만, 연애는 적어도 과장을 즐기며 말을 남용한다. 그러나 우정은 언어의 사용에 신중하다. 우정이란 고백되지 않는 정열이다.

서로 아무것도 숨기지 않는 두 사람 사이에 여전히 존재하는 유일한 비밀은, 어느 쪽도 상대방이 어떤 점에서 자기를 선택하여 특히 사랑하게 되었는지 결코 알 수 없다는 것이다. 연인 사이에서 자기들의 감정의 약점을 서로 감추는 것과 같은 정도의 조심성으로, 친구들끼리는 자기들의 감정의 강점을 서로 숨긴다. 표현하려는 감정에 비해 표현을 언제나 조심스럽게 하는 것이야말로 그들의 애정이 지닌 신성한 아름다움의 하나다. 그들은 감정을 그대로 입 밖에

내는 것을 조심성이 없는 짓이라고 생각할 것이다.

연인끼리는 자기가 느끼고 있는 모든 것을 실제 이상으로 연출해 보이는 것이 예의다. 그리고 그렇게 행동하면서 두 사람 다 상대방을 설득하거나 그에게 아양을 떨 뿐만 아니라, 때로는 자기 자신도 그런 심정이 되고 싶어한다. 연애는 어떤 사기성(詐欺性)이 없으면 존속될 수 없을 것이다. 연애는 외양이 화려해야 하므로, 금으로 도금한 작은 상자에 납이나 구리를 넣는 것이라고 할 수 있다. 그러나 우정은 작은 은상자에 황금을 넣는 것이다.

우정이 숭고한 것은 그것이 진리의 나라에서 발전하기 때문이다. 그것은 연애보다 강하고 동시에 섬세하다.

연애는 비난이나 중상을 두려워하지 않는다. 왜냐하면 그런 말다툼이 식어 가는 정열을 거짓으로라도 재연시켜 주기 때문이다. 연인들은 자주 변명을 하려 하지만 통탄할 오해는 그것으로 풀리기는커녕 오히려 더욱 굳게 얽혀 버린다. 연애는 언쟁에 의해 몇 번은 새로와지지만 결국 언쟁에 의해 무너져 버린다. 그러나 우정은 이런 타격에 견디지 못한다. 또 그런 타격을 겪어서도 안 된다. 아무것도 속이지 않는데, 친구 사이에 무슨 언쟁거리가 있겠는가? 설사 어느 한쪽이 상대방에게 놀라움이나 고통을 주는 일을 저질렀다고 하더라도 불과 한두 마디면 모든 것이 풀릴 것이다.

거의 언제나 정신의 승낙 없이 시작된다는 것이 연애가 내포하는 약점이다. 연애가 이미 힘을 얻은 상태가 된 뒤에야, 우리는 비로소 정신에 대해 그 선택의 추후 승인을 강요하는 것이다. 그러나 정신은 결코 쉽사리 넘어가지 않는다. 그래서 사랑하는 여인을 매수되지 않는 관찰자의 눈으로부터 언제나 멀리 떼어 놓으려는 사람들이야말로 가장 교묘한 연인이다. 만일 여자 쪽이 조심성 없이 그런 장소에 나타나 위험을 느낀다면, 그들은 황급히 여자를 끌어안고 장미의 화원으로 숨어 버린다. 이와 반대로 우정을 선택할 때는 서슴지 않고 정신에 보여, 정신이 그 커다란 면허장에 그것을 증명하고 추인(追認)하는 도장을 찍는 것을 보려 한다.

연인들은 서로 아무리 성실하다고 생각하더라도, 실제 모습에 의해서만이 아니라 겉보기의 모습에 의해서도 사랑하는 것이다. 그러므로 여자는 언제까지나 아름다울 필요가 있고 남자는 언제나 강할 필요가 있다. 그리고 만일 어느 한쪽이 뜻하지 않게 남들로부터 인심을 잃는 처지가 되었을 때, 자기에게 가장 다정하고 달콤한 말을 걸어 주던 사람을 갑자기 영락(零落)한 바로 그 모습 때문에 잃게 된다는 사실을 명심해야 한다. 연정을 불어넣고 싶은 상대방에게 자존심을 세워 주는 아첨조차 할 수 없는 정도의 처지라면 이미 아무런 희망도 없는 것이다.

연인들은 서로 무슨 말이든지 털어 놓을 수 있다고 자부하지만, 대체로는 항상 무엇인가를 서로 감출 필요가 있다. 여자가 숨김 없는 태도로 하나하나 털어 놓음으로써 자기를 사랑하는 남자를 놀라게 하고 호감을 사는 경우, 그런 선심의 배후에는 거의 언제나 하나의 이유가 있다. 즉 남자가 알아서는 안 되는 한 가지 일을 감추기 위해 그처럼 많은 것을 고백했을 뿐인 것이다. 마치 뭔가를 감춘 장소에 댕댕이덩굴을 키우듯이, 무성한 고백으로 자기의 비밀을 감추려 하는 것이다.

그러나 친구 사이라면 어찌 그런 일이 있을 수 있겠는가? 서로 있는 그대로의 모습을 인정하는 것 자체가 그들의 즐거움이다. 다른 사람들을 제쳐놓고 만나며 서로 마음 속으로 존경하고 있는 두 사람이 언제나 진리 속에서 살기 위해서는, 솔직성 따위의 특별한 수단은 전혀 필요치 않다. 그러므로 우정은 연애가 언제나 자랑하고 있는 일을 이루어, 우리를 어떤 고차원의 생활로 이끌어 간다. 그곳에서는 우리의 의식(意識)의 빛이 전혀 착란(錯亂)을 일으키지 않는다.

그러나 우리들은 이 순수한 잔치를 즐기면서도 때로는 미친 듯이 자신을 소모시키는 것만이 목적인 대소동(大騷動)이나, 이 세상의 모든 빛이 우리들 속에 그림자를 내리는 도취와 야성과 순박에 가득 찬 행복을 그리워하는 수도 있다. 그러므로 우리로서는 모든 것을 체념할 것이 아니라 우리가 좋아하는 여러 기항지(寄港地)를 완전히 인식하고 분간하는 일이 필요한 것이다.

우정에서 느끼는 실망이 연애의 경우보다 훨씬 깊이 몸에 배는 것도 우정의 성질 때문이다. 그 경우에 육체는 상처받은 짐승과 같은 비명을 지르지는 않는다. 그러나 큰 소리로 한탄할 수 없는 만큼 괴로움은 더욱 심하다.

아무리 한 여자를 뜨겁게 연모하고 있는 남자라도, 그가 언제나 여성 일반만을 사랑해 왔다면 수많은 여성이 근사한 약속으로——비록 그것이 막연할지라도——그를 유혹하게 될 것이다. 그리고 이 연애라는 영역에서는 아무리 심각한 절망이라도 갑자기 치유되는 수가 종종 있다. 그러나 친구의 한 사람이 기대에 어긋나는 일을 한다든지 하면 우리의 인간에 대한 관념 자체가 흔들리게 된다. 그리고 그 경우에 무수한 남자의 존재는 오히려 우리의 고독을 더욱 견딜 수 없는 것으로 만드는 역할을 할 뿐이다.

우정에 있어서의 이와 같은 실망은 대단히 괴로운 일이긴 하지만 동시에 몇 가지 이유로 거의 있을 수 없는 일이다. 육체가 우리를 질질 끌고 다니며 우리보다 앞서 설쳐대는 연애 감정에서는 우리가 판단을 그르치는 것도 자연스러운 일이지만, 우정에 있어서 판단을 그르치는 것은 별로 자연스러운 일이 아니기 때문이다. 확실히 친구를 발견했다고 생각했을 때 맛보는 즐거움에서 사람들이 착각을 품기 쉽다는 것은 사실이다. 그러나 이 선택은 지성의 빛 아래서 이루어지는 것이므로, 지성이 스스로 인정하지 않는 그런 감정의 팽창을 방치해 두리라고는 거의 생각되지 않는다.

어리석은 연애——이성에 비추어 보면 어리석지만 보란 듯이 정열을 과시하는——는 흔히 볼 수 있다. 그러나 위대한 우정으로서 우매한 것은 생각할 수도 없다. 따라서 두

가지 애정이 지닌 난점(難點)은 서로 다르다. 연애에서는 지속하는 것이 문제지만, 우정에서는 존재하는 것이 문제가 된다. 연인이 되는 것처럼 쉬운 일은 없다. 어려운 것은 연인인 채로 있는 일이다. 그러나 참된 우정이 이루어지는 경우에는 한쪽의 죽음 이외에 우정이 끝나는 경우란 거의 생각해 낼 수 없다.

우정에 있어서는 일체가 진실이고 확신이다. 그러나 이 확신은 전혀 속물적(俗物的)인 것이 아니라는 사실을 알아야 한다. 우정에는 언제나 신뢰가 내재하며, 또 필요하기도 하다. 친구에 대한 공감을 정신의 판단이 뒷받침하고 그 판단이 우리의 우정에 어느 정도 확신을 더해 준다 하더라도, 위대한 선택에는 언제나 거기에 상응하는 위험이 따르게 마련이다.

우리가 남에게 자기를 바치는 것도 이런 희생을 치른 연후에야 비로소 의미가 있는 것이다. "언젠가는 친구를 미워하지 않으면 안 되는 것처럼 친구를 사랑해야 한다"는 비아스(기원전 6세기경의 사람. 그리스 7현[七賢]의 한 사람)의 잠언(箴言)만큼 저속한 것은 없다. 이것은 우리가 우정을 모른다는 것과 같다. 고귀한 영혼은 신뢰를 거부할 수는 있어도 친구에게 주는 데 인색할 수는 없다. 그리고 일단 친구를 신뢰하면, 그로 말미암아 자기가 직면하는 위험이 크다는 것을 알고 오히려 기뻐하는 것이다. 우리의 감정이 명확하고 중대한 것일수록 많은 위험이 따른다. 선택을 경솔하게 할 필요는 조금도 없지만, 결국에는 상대방을 조심하지 않아도 되는 정도에까지 이르러야 한다.

*

우정이 참으로 존재한다면, 그 장래는 보장되어 있다. 그러나 여러 가지 경우를 구별해야 한다. 일반적인 경우에는 우정이 보다 쉽게 그리고 꿈결처럼 습관적으로 이어질 수 있는 만큼 확실하게 존속될 수 있다. 그러나 보다 높은 우정은 이렇게 미지근한 것일 수 없다. 그런 우정으로 생활을 풍요하게 영위하는 사람들은 언제나 그것을 의지하고 있다. 그리고 그 우정을 이루고 있는 요소의 순수성 자체가 우정의 존속을 보증한다 하더라도, 그 우정의 지속은 그것이 진실이고 따라서 순간 순간이 모두 문제가 되기 때문에 더욱 위험에 빠지게 된다.

그러므로 이런 우정——다른 모든 위대한 감정과 마찬가지로——에 있어서는 우정으로 맺어진 두 사람 가운데 한쪽은 언제나 상대방 이상으로 그것을 유지하기 위해 배려를 아끼지 않지만 다른 한쪽은 그것을 이용할 따름이다. 그러나 이런 차이는 성격이 달라 모든 일에 대립하는 연인 사이에서 간혹 볼 수 있는 차이와는 비교할 수가 없다. 즉 친구 사이에서는 어느 한쪽이 상대보다 더 너그럽다 하더라도 언제나 같은 부류에 속하고 대등한 위치에 머물러 있어야만 한다.

우정에도 여러 가지 비극이 있을 수는 있다. 그러나 그것은 순수한 것이어서 연애 감정은 그것이 지닌 고귀한 힘만으로 이것과 같아질 수는 없다. 연애에 있어서의 질투는 자기 자신을 위해서지만, 우정에 있어서의 질투는 그 친구를 위해서다.

연정에 불타는 남자는 좋아하는 여자가 다른 남자에게 호의를 가지고 있고 그 연적(戀敵)이 자기보다 나은 남자라고 생각되면, 거의 언제나 사랑의 고뇌에 자존심의 상처까지 가중되어 괴로와한다. 그래서 가능하다면 연인을 가둬 두고 싶어하는 것이다.

이와 반대로 우정에 있어서는 친구가 그에게 합당하지 않은 인간과 어울리는 것을 보았을 때만 슬픔을 느낀다. 그러나 그 친구가 자기에게 합당한 사람을 발견하게 되면, 우리는 그를 정당하게 아끼는 사람의 수가 느는 것을 보고 기뻐한다. 뿐만 아니라 그가 상대를 발견한 것은 그 자신을 위해서지만, 그것이 우리를 위한 것이기도 하다고 생각할 권리가 있는 것이다. 친구의 모임은 결코 폐쇄된 것이 아니며, 다만 저열한 인간이 끼어드는 것만 경계하면 되기 때문이다.

＊

우정이야말로 끝까지 남겨 두어야 할 지고(至高)의 정열이다. 우리가 남보다 높아지려 할 때, 우정의 필요성은 더욱 커진다.

이것은 위대한 사람들의 생활에서 분명히 찾아볼 수 있다. 그들은 숙명적으로 고독에 휩쓸려 사람들을 멀리하게 될 때도 적어도 한 사람쯤은 곁에 남겨 두려 한다. 알렉산드로스 대왕에게는 파르메니온 장군이 있었고 케사르에게는 브루투스가 있었다. 그렇게 경험이 풍부한 케사르도 앞으로 자기를 죽이게 될 한 사나이를 언제나 부드럽게 대했던 것이다. 나폴레옹은 거친 성격이었으나, 뒤록 장군의 선의(善意)에 넘치는 모습을 대하면 마음이 한결 누그러졌다고 한다. 그는 또 전능(全能)의 고독 속에서도 언제나 드제 장군이 마렝고 전투에서 전사한 것을 애석히 여겨, 그 사나이라면 평생 친구가 될 수 있었을 텐데 하고 생각했던 것이다.

위대한 인간이 모든 인간적인 즐거움을 결정적으로 초월하는 것은 연애를 단념할 때가 아니라 우정을 단념할 때다.

*

친구에 대해서는 지금까지 많이 이야기했으므로, 끝으로 고독한 인간에 대한 이야기를 해야겠다.

어떤 사람이 고립되어 살아간다고 해서, 반드시 그가 고독을 원한 것이라고 결론을 내릴 수는 없다. 아마도 그것은 하나의 결과에 불과할 것이다. 그는 보다 고귀한 생활을 하기 위해 사소한 일에서 손을 떼려고 했을 따름인 것이다. 그는 타인에게서 떠나 있으려고 굳게 결심한 것도 아니고, 정신을 차리고 보니 거기에 타인의 모습이 보이지 않았을 뿐이다.

그렇다고 해서 그의 심정이 메말라 버린 것은 아니다. 이

것은 좀처럼 이해하기 어렵다. 세상 사람들은 남의 일에 참
견하기를 좋아하며, 그것을 거부하는 인간을 달갑게 여기
지 않는다. 그들은, 자기 곁을 떠난 그 무례한 인간은 슬픔
과 고통의 벌을 받아야 한다고 생각한다. 고독한 인간 가운
데는 정말로 까다로운 사람도 있겠지만, 그 고독은 진실이
아니다. 그렇게 토라진 사람들은 다시 불러 주기를 바라면
서 세상을 멀리하는 것이다. 그들이 애를 태우면서 화를 내
는 것은, 세상에서 떨어져 있지 않다는 증거다.

참으로 고독한 인간은 싱싱함을 계속 유지할 수 있다. 왜
냐하면 그에게는 수많은 대안(代案)이 남아 있기 때문이다.
만일 시인이라면 인간을 떠난 곳에서 여러 가지 우정을 맺
는 매혹적인 능력이 남아 있을 것이다. 뭉게뭉게 피어 오르
는 구름 떼를 쳐다보거나, 사물이 시시각각 변화하는 풍경
을 미소로써 바라보거나, 더없이 화려한 무도회도 시시해
보일 만큼 향기로운 꽃들이 다투어 피어난 들판의 잔치에
낄 수 있다면, 어찌 자기가 고독하다고 생각할 수 있겠는
가?

이런 소박한 행복은 맛볼 수 없는 경우라도, 그에게는 서
재(書齋)라는 낙원이 남아 있다. 수많은 사자(死者)들과 모
든 천재들이 등불 주위에 나타나는 저 학구(學究)의 밤들이
남아 있는 것이다. 아마도 그는 누군가가 곁에 있다는 따스
함, 연애에 있어서와 마찬가지로 우정에 있어서도 대단히
즐거운 그 따스함은 결여하고 있을 것이다. 그러나 그는 이
미 오직 진리 속에서만 살고 있는 것이다. 빛나는 다이아몬

드의 세계에, 한마디로 말해 위대한 인간들 속으로 옮아 와 있는 것이다.

위대한 사람들과 함께 살기 위해 그들과 똑같은 인간이 될 필요는 없다. 가장 순수한 정열로 이룬 마음과 정신을 그들에게 바치면 그것으로 충분하다. 고독은 하나의 세계를 잃어버림으로써만 만들어지는 것이 아니라 하나의 세계를 발견함으로써도 만들어진다. 고독을 이해하지 못하는 수준의 사람들은 그 영광을 상상할 수 없을 것이다. 그들에게는 자기들이 속하는 사회의 외부에 있는 것으로 보이는 그 사람이, 다른 계층 곧 유일한 진실의 계층에 속해 있다는 것을 알지 못한다. 이 사람은 전에 존재했던 모든 고귀한 것, 위대한 것 아래 있는 최고로 행복한 자다.

고독한 인간은 천문학자와 같아서, 그의 눈은 별로 가득 차 있다. 그는 외돌토리가 아니다. 그러나 그는 이미 숭고한 우정밖에 맺지 못하게 되어 있다.

# 2. 우정에 관한 38장

사람들로부터 떨어져 있을 때야말로 친구를 발견할 수 있는 때다.

*

거대한 궁륭(穹窿)을 받치는 데도 몇 개의 기둥만 있으면 충분한 것처럼, 인간에 관한 우리의 관념을 유지하기 위해서는 몇 사람의 친구만으로 충분하다.

*

친구는 원래 우리 자신의 것이었던 용기와 취미를 우리에게 돌려준다.

*

참된 친구란 함께 있는 고독한 사람들을 말한다.

*

　우연한 기회가 가짜 연인(戀人)을 만드는 것처럼, 습관은 가짜 친구를 만든다.

*

　아직도 존속하고 있는 최후의 기사도(騎士道), 그것은 우정이다.

*

　친구란, 위대한 인간들이 고위고관(高位高官)이 되는 그러한 계층에 있어서의 기사(騎士)들이다.

*

　에고이스트에게는 우정이 있을 수 없다. 그러나 그는 친구들의 애정으로 자기의 에고이즘을 살찌우고, 자신을 사랑하는 데 자신만으로는 너무나 부족하다고 생각하기 때문에 친구를 원한다.

*

　에고이스트는 자기의 감성(感性)을 상대방으로 하여금 믿게 하면서 상대방의 감성을 이용하기 위해 친구를 원한다.

*

두 사람의 에고이스트가 서로 상대방으로부터 약간의 우정을 감쪽같이 속여 빼앗으려는 광경을 보는 것처럼 재미있는 일은 없다.

*

부드러운 말씨는 우정의 위폐(僞幣)다.

*

자기의 재지(才智)가 번뜩여 친구를 매혹시키는 때만큼 그 재지를 고맙게 여기는 때도 없다.

*

우리 자신은 친구를 의지하고 있으면서도 친구가 우리를 의지하고 있다는 사실은 알지 못한다.

*

친구가 되기 위해 알랑거리는 사람들이 있다. 또 반대로 반드시 사실이라고 할 수도 없는 불쾌한 말을 아무렇게나 지껄이는 사람들이 있다. 이렇게 너무 정다운 사람들이나 너무 난폭한 사람들에게는 등을 돌리기로 하자. 그들은 우정이 무엇인지 알지 못한다.

*

    위대한 영혼은 그로 인하여 생기는 증오와 그것이 주는 공감(共感)에 의해 분명해진다. 그를 사랑하는 사람들의 고귀함과 마찬가지로 그를 미워하는 사람들의 저열함도 그의 명예와 관계가 있다.

*

    위대한 영혼은 적을 경멸한다고 생각되고 있지만, 사실은 적을 잊어버리는 것이다.

*

    우리의 증오는 그것이 우리의 사랑의 높이를 나타낼 때에만 아름답다.

*

    평범하고 정열적인 영혼은, 적에 대해 품는 감정을 통하여 상당히 즐거운 마음으로 자기를 알게 된다. 그에게 있어서 미워한다는 것은 자기의 힘을 아는 어떤 실천(實踐)인 것이다. 보다 요령 있는 영혼은 적 따위는 무시하고 오직 자기가 사랑하는 것을 통해서만 자신을 알려야 한다. 그러한 영혼에게 있어서 증오는 이미 잃어버린 감정에 지나지 않는다.

*

   우리를 가장 잘 알고 있는 사람들을 친구로 삼고, 우리를
가장 모르고 있는 사람들을 적으로 삼는다면 더할 나위가
없다.

*

   우정에 의해 우리가 어떻게 될 것인가 하는 것은 우리의
성격에 달려 있다. 속물들은 서로 친근해지면 거리낌없이
무례를 범하게 된다. 이와 반대로 참된 친구는 다른 사람에
대해서보다 자기들끼리가 더 예의바르다. 그들은 그 예의
바른 행동을 진심에서 하고 있다는 묘미를 맛본다.

*

   많은 사람들에게 무시당하더라도, 소수의 사람들에게 인
정받는다는 것은 즐거운 일이다.

*

   우리들이 지닌 매력을 발휘하려면 좋아하는 사람들과 함
께 있어야 한다. 마음이 행복해야만 최고의 재지(才智)를
보일 수 있는 것이다.

*

   밖으로 나타난 정신과 안에 들어 있는 심정을 믿어야

한다.

*

우리는 우정을 통하여 감탄에까지 이른다. 사랑하는 것에 대해 감탄하게 되는 일도 커다란 행복이며, 감탄하는 것을 다시 사랑하는 행복도 그에 못지 않다.

*

인간성은 그 무수한 잎사귀 속에 있는 것이 아니다. 그것은 몇몇 열매 속에만 있다.

*

인간은 연애를 꿈꾸지만 우정을 꿈꾸지는 않는다. 꿈꾸는 것은 육체이기 때문이다.

*

누군가 좋아하는 사람에게 속을 털어 놓을 수 있다면 슬픔은 거의 없을 것이다.

*

친구들끼리는 서로 앞날의 문제를 이야기하는 일이 거의 없지만, 앞날에 다시 만나게 되리라는 것은 굳게 믿고 있다. 연인들은 앞날의 일에 대해 끊임없이 이야기하지만, 그 사랑의 장래가 그들의 뜻대로는 되지 않는다.

*

우정에도 첫눈에 반하는 경우가 있다. 그러나 그것을 바로 털어 놓을 수는 없는 것이어서 처음에 만났을 때부터 느껴왔던 존경이나 공감을 입 밖에 내려면 경우에 따라서 상당 기간을 기다려야만 한다.

*

연애의 경우에는 상대방이 믿어 주기를 바라지만, 우정의 경우에는 꿰뚫어 볼 수 있기를 바란다.

*

우정에서의 겸양은 연애에서의 수줍음 이상으로 매력이 있다. 왜냐하면 수줍음은 사라질 때가 오지만 겸양은 결코 사라지는 일이 없기 때문이다.

*

우정이 거짓말 때문에 깨지는 경우가 있는 것처럼, 연애는 진실 때문에 깨지는 경우가 있다.

*

오페라와 실내악이 다른 것처럼 연애와 우정도 차이가 있다.

*

연애를 하는 사람은 세상을 버리고, 우정을 나누는 사람은 세상을 내려다본다.

*

연애는 사람을 더욱 강하게도 하고 약하게도 한다. 그러나 우정은 더욱 강하게 할 뿐이다.

*

어떤 영혼의 열렬함은 연애에 대한 욕구에 의해 느낄 수 있으나, 그 고귀함은 우정에 대한 욕구에 의해 느낄 수 있다.

*

친구를 처음 사귈 때는 연애를 처음 할 때보다 더욱 서먹서먹하다. 왜냐하면 친구에게 다소라도 결례를 저지르면 연인의 경우만큼 자신 있게 처리할 방도가 없기 때문이다.

*

기독교도의 파라다이스는 사랑의 낙원이다. 그러나 고대인의 극락정토(極樂淨土)는 우정의 낙원이다.

# 3. 연애와 우정

**1**

우리는 천성으로 보아 어떤 사람이 우정을 맺기에 적합한지를 생각해 볼 수 있다. 프랑스의 모랄리스뜨 라브뤼예르는 우정에 적합한 인간과 연애에 적합한 인간은 다르다고 말했다. 대체로는 그렇게 말할 수 있겠지만, 왜 그렇게 될 수밖에 없는지 그 이유는 알 수가 없다.

영혼은 모든 부(富)를 가질 수 있는 것처럼 모든 욕구도 가질 수 있다. 많은 연인들의 행동을 보면, 그들이 우정을 가질 수 없는 인간임을 잘 알 수 있다는 사실을 분명히 확인할 수 있다. 그들은 어떤 사람을 필요로 하기는 하지만 그 사람에게 관심이 있는 것은 아니다. 그 사람을 사랑하는 것보다 그 사람을 소유하고자 하는 욕구가 훨씬 크다. 그들이 정열이라고 부르는 것은 에고이즘이 타오르는 모습에 불과하다.

우정은 섬세한 사람들이 갖는 것이라고 말할 수 있을는지 모른다. 그러나 여기서 커다란 어려움에 부딪치게 된다. 정말로 섬세한 것과 섬세한 체하는 모든 위장(僞裝)이나 모방을 분간하는 것만큼 어려운 일은 없는 것이다. 어떤 사람에게 한 가지 장점이 없다는 것은 다른 장점이 있다는 증거라고 생각되지 않는 한, 그 장점이 없다는 것을 다른 사람에게 털어 놓을 수는 없는 것이다.

무기력한 사람들은 바로 그 무기력 자체를 섬세함이라 생각하고 우리도 그렇게 생각하기를 바란다. 머리가 좋다는 평을 받고 싶은 사람들은 되는 대로 떠벌여 인기를 얻는다. 섬세하다는 평판을 얻고 싶은 사람은 침묵을 지키거나 넌지시 비추거나 일부러 할 말을 빠뜨리거나 가끔 멋들어지게 한숨을 쉬거나 하여 그러한 평판을 얻는다.

우리가 언제나 비극과 희생으로 가득 찬 과거를 되돌아보는 듯한 표정을 짓는 여자들을 만나게 되는 경우에도 마찬가지다. 그러한 여자들의 생활을 알아보면 그들이 어떤 원한이나 실패를 위장하고 있음을 발견하게 된다. 그들에게는 자신을 살찌울 만한 마음의 양식이 없었다. 그러나 그들에게는 어떤 보상이 필요했고, 그래서 이 연애의 가난뱅이들은 우정의 여왕이 되려 하는 것이다.

섬세한 체하는 인간은 남의 생활 속에 쓸데없는 분규나 불안을 가져오므로 독버섯처럼 위험한 존재다. 이 경우에도 고통이 시작되어야만 비로소 독(毒)이 있었다는 것을 알게 되는 만큼, 그 독은 더욱 무서운 것이다. 버섯의 종류를 구별하는 데는 몇 가지의 뚜렷한 특징이 있다. 그러나 성격의 경우에는 사정이 전혀 달라 부지불식간에 진짜가 가짜로 바뀐다.

에고이스트들이라고 해서 쉽사리 간파할 수 있을 만큼 얼빠진 에고이스트만 있는 것이 아니다. 감각이 발달해 세련된 감수성을 가진 에고이스트도 있다. 그러나 그들은 자기 자신만을 위해 그 감수성을 사용한다. 그들은 우리 때문에 생긴 조그만 고통에도 곧 불평을 터뜨리므로, 그들에게서 받은 고통에 대해 우리는 한마디도 할 수가 없다. 그리고 우리가 정신을 차리지 못하는 사이에 그들은 이미 희생자가 되어 있기 때문에, 우리는 꼼짝없이 사형 집행인이 되어 버리는 것이다. 그런가 하면 의심할 여지가 없을 정도로 메마른 상태임에도 불구하고, 우리가 감동하지 않을 수 없을 만큼 진지한 노력을 기울이는 사람도 있다. 그래서 우리는 이 사막에 언젠가는 기적적으로 비가 내려 생기를 되찾게 될지도 모른다는 기대를 가지고, 언제까지나 기다리게 되는 것이다. 또 불평을 하거나 비난을 퍼붓고 이것저것 탓하면서도, 마치 손이 닿지 않는 꽃으로 사람을 유인하고는 가시로 찌르는 덤불처럼 결코 주지도 않을 행복의 모습을 우리의 눈앞에 떠올리는 방법을 알고 있는 사람들도 있다.

그러나 결코 속일 수 없는 몇 가지 표징(表徵)이 있다. 감정에 속한 일은, 마치 고립되어 있으면서도 하나의 풍경을 지배하고 있는 저 산(山)들처럼, 어떤 일정한 법칙에 지배되고 있다. 예민한 감수성을 지닌 사람은 그것을 떠벌이려

하지 않으며, 남들이 알아주었으면 하고 바랄 뿐이다. 스스로 감수성이 예민하다고 말하는 사람은 그렇지 않다는 것을 광고하고 있는 셈이다. 섬세한 체하는 사람들의 고백은 잘난 체하는 뒷맛을 느낄 수 있으므로, 그것만으로도 그가 마음의 왕국에 있지 않다는 것을 알 수 있다. 그들의 이야기는 모두 자기에게 사랑이 풍부하다는 것을 나타내기 위한 것이지만, 우리가 보기에는 그와 반대로 그들이 단 한 번도 자기 자신에게서 벗어난 적이 없다는 것을 입증하는 것이다.

우리는 은밀한 정다움을 발견할 수 있으리라고 기대했다가 숨어 있던 가시 돋친 면을 발견하고는 크게 실망한다. 결국 사소한 사실이 모여짐에 따라 그들의 성격은 분명히 드러나고 그들의 결점도 알게 된다. 요컨대 그들은 감정이 상하기 쉬운 인간이다. 여기까지 알게 되면 그들은 이제 우리를 속일 수 없게 된다.

감정이 상하기 쉬운 인간은 영원한 사기꾼이다. 그들은 자존심이 상했을 뿐인데 감수성이 상했다고 생각한다. 이런 사람은 언제나 자기가 괴롭다고 주장하고 절대로 자기 잘못을 인정하지 않는다. 그들은 자기의 실망을 말하면서, 언제나 자기가 섬세한 인간이라는 증거를 손에 넣을 생각만 하고 있다. 이처럼 정말 섬세한 사람의 생각과 거리가 먼 것은 없다. 참으로 섬세한 사람은 자신의 성격 때문에 괴로와하거나 기뻐할 수는 있지만, 그것에 놀라는 일은 생각조차 못한다.

감정이 상하기 쉬운 사람들은 불평할 수 있는 고통거리를 찾으려 애쓴다. 그들은 바늘에 찔린 상처라도 입으면 거기에 염증을 일으키고 악화시켜서 낫지 않게 하려고 한다. 그리하여 그것이 드디어 상당히 심한 상처가 되면 긁힌 상처를 입힌 데 불과한 사람에게 그 상처를 입혔다고 뒤집어 씌운다. 그들이 어떤 말을 악의(惡意)로 받아들여 화를 냈을 때, 우리가 그들의 일은 염두에도 없었다고 말한다면 그들은 더욱 불만을 터뜨린다. 우리가 그들에게 잘못 말한 것보다 그들을 잊어버린 쪽이 더 용서하기 힘든 것이다.

그들은 모든 것이 자기를 겨냥해 주었으면 하고 바란다. 그들은 자기들에게 쏜 것도 아닌, 땅에 떨어진 화살을 주운 뒤 집에 돌아가 그것을 몸에 꽂고는, 마치 로마 시대의 순교자 성(聖) 세바스티아누스와도 같은 모습으로 또다시 우리 앞에 나타난다. 그러나 우리는 이와 같은 인위적인 순교자를 보고 아무런 회한(悔恨)을 품지 않아도 좋다. 그들은 괴로와하고 있어도 그 괴로움에서 벗어나고 싶어하지 않으므로, 우리 쪽에서도 그들의 고통 따위에 마음을 쓸 필요가 없는 것이다.

그들 자신이 죄를 덮어씌운 상대 이외의 모든 사람들에게 푸념을 늘어놓는 것만 보아도, 잘못이 그들에게 있다는 것을 알 수 있다. 왜냐하면 제삼자에게 친구에 대한 불만을 털어 놓는 것은 우정에 위배되며, 진지한 감정을 중요시하는 한, 예의에도 어긋나기 때문이다. 참된 연애의 경우와 마찬가지로 진정한 우정에 있어서도, 괴로움을 가져온 당사자에게 호소하지 않을 바에는 당연히 잠자코 있어야 한다. 왜냐하면 우리가 그를 인도한 세계는 다른 사람들이 있는 곳보다 훨씬 높고 훨씬 멀어 이미 그 이외의 사람들과는 만나지 못하는 곳이므로, 우리를 사랑해 온 인간의 일을 남에게 호소한다는 것은 그를 다른 인간들과 동렬(同列)에 놓고 사랑하는 것이며, 사랑하는 힘이 모자란다는 증거가 되기 때문이다.

감정을 상하기 쉬운 사람들의 행위에는 중요한 이유가 하나 있다. 그들이 변명을 듣기 싫어하는 것은, 그들이 갖고 있는 불평거리가 사라져 버리는 것을 두려워하기 때문이다. 그런데 이것이야말로 그들이 무엇보다 피하고 싶어하는 일이다. 그들은 불평거리를 자꾸만 퍼뜨리고 싶어할 뿐, 결코 그것을 명확하게 하려고는 생각하지 않는다. 그들은 불행해지기를 바라기까지 한다. 이러한 마음의 책모가(策謀家)들에게는 울분이나 트집이나 오해가 필요하며, 이런 기질은 경우에 따라 일종의 편집(偏執)이나 부도덕으로까지 번지는 수가 있다. 결국 그들이 우정을 존중하는 것은 오직 사이가 나빠지기 위해서다.

*

이러한 관찰과 실천에 의해 우리는 섬세한 체하는 사람들을 조금씩 알게 된다. 그들에게 속아 넘어가지 않는 또 하나의 방법은 참으로 섬세한 사람을 아는 것이다. 왜냐하면 이 양자는 완전히 대조적이기 때문이다. 가짜는 우리에게 거북한 느낌을 주지만 진짜는 평안한 느낌을 준다. 전자와는 어떻게 교제해야 좋을지 모르지만 후자와는 아무런 두려움도 없이 있는 그대로의 자유로운 느낌을 맛볼 수 있다.

섬세함을 분명히 이해하기 위해서는 거짓 섬세함과의 구별이 꼭 필요하다. 자연스러움이 없으면 매력이란 있을 수 없다. 그런데 자연스러움이라는 것도 인간의 성격에 따라 가지각색이다. 무례한 시골 사람의 자연스러움이 있고, 왕후(王侯)의 자연스러움이 있다. 마치 무지개의 여신(女神) 이리스가 지나갈 때 눈길을 끄는 아름다운 스카프를 나부끼는 것처럼, 어떤 사람은 정말로 보기 드문 장점을 평생 지니고 다닌다.

다른 사람의 모든 말이나 미소나 침묵 속에서 어떤 의도를 발견하려고 하는 것은 마음이 섬세하기 때문이라기보다는 오히려 정신의 병이다. 사소한 일도 때로 중요성을 갖는 경우가 있는 것은 사실이다. 그러나 언제나 그런 것은 아니다. 그것들의 대부분은 실제 있는 그대로 보잘것없는 것이다. 새점〔鳥占〕을 치는 점장이로서 아무리 주의 깊은 사람이라고 하더라도, 산책을 하고 있을 때에는 새 몇 마리가 별로 의미 없이 날아가는 것을 무심히 보아 넘길 것이다.

친구란 우리에게 불쾌한 말을 하거나 장소에 어울리지 않는 농담으로 우리를 귀찮게 하더라도 그것이 조금도 나쁜 결과를 일으키지 않아야 한다. 우리도 앞으로 언젠가는 그들에게 같은 관용을 바라는 때가 있을 터이므로 더욱 그들의 불찰을 용서하는 것이 중요하다. 설사 그들의 어떤 소행 때문에 우리가 상처를 입는 일이 있더라도, 그러한 것을 느끼는 섬세함을 갖춘 만큼 그러한 일을 잊는 관용도 갖추어야 할 것이다. 우리가 결정적으로 그 친구를 선택하는 원인이 되었던 그의 장점을 돌이켜 보면, 이와 같은 우연한 상처는 곧 치유될 것이다. 친구에 대한 근본적인 평가를 다시 내려야 할 일이 생기지 않는 한, 그 밖의 일은 문제가 되지 않는다. 우리의 친구는 완전한 인간이 아니며, 우리 자신도 마찬가지다.

섬세한 체하는 인간은 언제나 자기 일만 생각하고 있다. 그들의 자아(自我)는 대단히 작은 장식품이므로 한번 놓쳐 버리면 다시는 찾지 못하게 된다. 그들은 태연하게 자기를 잊고 있을 수 있을 만큼 큰 인물은 아니다. 그들이 행복을 좋아하지 않는 것은 행복을 키울 수 있는 것을 갖고 있지 않기 때문이다.

매력 있는 인간도 때로는 우울에 빠지는 경우가 있을 것이다. 그러나 그는 언제나 우선 행복해지려고 했다. 마치 섬세한 체하는 인간이 자기의 비탄을 만들어 내기 위해 여러 모로 수단을 강구하는 것처럼, 그는 기쁨을 자아내기 위해 교묘한 솜씨를 부렸던 것이다.

섬세함이란 잡동사니 수집가가 되거나, 하찮은 일에 곁눈질을 하다가 근본적인 것을 놓쳐 버리는 감정의 근시안(近視眼)이 되는 것을 의미하지는 않는다. 그것은 세련되고 자연스러운 취미의 올바름이다. 그것은 언제나 희귀하고 언제나 자유로운 향연이며, 우리의 운명을 초월한 생활의 창조다.

이렇게 섬세한 성격을 잘 살펴보면, 여성의 경우는 제쳐 두더라도 남성에 관해서만은 아마도 다음과 같은 결론을 내릴 수 있을 것이다. 즉 우리에게 섬세함이 갖는 매력을 가장 잘 맛보게 해주는 인간이란 그 성격이 섬세함에만 그치지 않는 사람이라는 점이 그것이다. 최상의 우아함을 보여주는 예술가는 단지 섬세함만을 내세워서는 안 된다. 힘의 절정에서 절묘한 곡선을 그리면서 갑자기 온화함으로 내려오는 거장(巨匠)만이 최상의 우아함이라는 말에 어울릴 것이다. 섬세함도 이와 같아서, 힘의 궁전에 사는 사람들이 쉬러 오는 별장이라고 말할 수가 있는 것이다.

단순히 섬세하기만 한 사람은 언제나 소심한 잔소리꾼이 될 우려가 있다. 섬세함이란 위대한 영혼에 의해 때때로 건강해지고 정화되어야 비로소 그 모든 가치를 발휘할 수가 있는 것이다.


# 2


거짓 우정이 거짓 연애보다 훨씬 적은 것은 당연하다. 연애와는 인연이 먼 인간도 육체의 힘에 의해 연애에 끌려 들어가는 수는 있지만, 우정을 소유할 능력이 없는 사람이 우정을 맺게 되는 경우는 거의 없기 때문이다.

그러나 단지 계산이나 이해만으로는 설명할 수 없는 기묘하기 짝없는 거짓 우정도 있을 수 있다. 어떤 사람들은 우리에게 동정이라고는 없는 순수한 호기심 비슷한 것을 품는다. 그들은 우리가 옳다고 생각하거나 우리 편이 되는 것은 아니지만, 그렇다고 우리가 잘못이라고 말하지도 않는다. 그들은 우리를 절대로 도우려고 하지 않으며, 다만 우리가 삶이라는 연극을 어떻게 타개해 나가는가를 지켜보고 싶어하는 눈치다. 속세를 떠난 은자(隱者)들도 염탐꾼이 그들의 고독을 에워싼 생울타리 틈바구니로 이같이 조심스럽게 눈을 번득이는 것을 목격하게 된다. 이들은 우리의 친구라기보다는 적의 첩자(諜者)다.

세상 사람들은 그러한 염탐꾼들이 우리 곁을 자주 드나들고 있으므로 우리에 대해서 잘 알고 있다고 생각할 것이다. 사실 그들은 세상 사람들에게 우리에 대한 모든 정보를 제공하고 있다. 그러나 덕분에 세상 사람들은 우리의 참된 모습을 전혀 알지 못하게 된다. 이 자비로운 중상가(中傷家), 애정에 넘치는 배신자가 우리를 변호하는 경우도 있지만 그 변호는 곧 그들의 감정이 고결하며 우리에 관한 악평이 정당하다는 것을 듣는 사람들에게 확인시킬 뿐이다.

이러한 사람들에 대해서는 그들의 참모습을 알아 두는 것에 그칠 뿐, 복수를 해서는 안 된다. 우리 마음은 그들에게서 떠나 있으며 그들의 모습은 우리 눈에 희극으로 보일 뿐이다. 그들이 어쩌다 우리를 지독하게 욕하고 나서 우리와 마주치게 되면, 그들은 당황하여 어쩔 줄을 모른다. 그럴 때 그들은 우리 얼굴을 똑바로 바라볼 수 없으므로, 악수한 손에 힘이 들어가고 달콤한 말을 마구 지껄이며 다른 사람들에게는 절대로 말하지 않았을 것으로 생각되는 온갖 찬사를 당사자인 우리에게 늘어놓는다. 그러나 우리는 그 말이 욕설을 뒤집은 데 불과하다는 것쯤은 곧 간파하므로, 그 말을 듣고 미소를 금치 못하는 것이다.


# 3


우리는 가끔, 자기가 할 수 없는 근사한 연애의 대용품임에 틀림없는 연애를 하는 경우가 있다. 이와 마찬가지로 아무리 불완전한 친구라도, 적어도 우정을 환기시키는 데 도움이 되는 친구를 갖는다는 것은 우리에게 중요한 일이다.

이렇게 착각에 의한 만족감이 필요하다는 것을 이해하기 위해서는 우리가 우리 자신이 지닌 여러 가지 능력에 따라 여러 가지 형태로 인생에 관여하고 있다는 사실을 생각해 볼 필요가 있다. 우리의 마음이 이처럼 많은 시련이나 모욕에 직면해 있기는 하지만, 세계는 한편으로 정신을 위한 광대한 사냥터임이 분명하다. 수많은 인간의 성격이 정신 앞에 먹이처럼 제공되어 있다. 그리고 정신은 자기 앞에 나타난 그 여러 가지 성격에 대하여 나무랄 데 없는 지성의 맹위(猛威)를 유감없이 발휘한다.

그러나 우리에게는, 제삼자나 적에 대하여 다소나마 지

적인 관찰을 하는 따위의 일이 시들해지고 결국 좋아하는 사람들을 생각하며 편히 쉬고 싶어지는, 마음이 약해지는 저녁이 있다. 그리고 누구에게도 나눠 줄 수 없는 것이 애석하다고 생각될 만큼 지극히 깨끗한 마음으로 가득 차 있는 아침도 있다. 무언가를 남에게 주고 싶다는 욕구는 받고 싶다는 욕구 이상으로 우리를 혼자 버려 두지 않는다. 그러므로 함께 있으면 언제든지 쉽사리 모든 것을 버리거나 모든 것을 발견할 수 있는, 그런 근사한 상대를 곁에 둘 수 있는 사나이는 행운아다. 또한 인생을 초월하여 다시 삶의 맛을 즐기는 저 향연을, 참된 친구들과 나눌 수 있는 사람도 행운아다. 우리가 이러한 상대를 만나지 못해 이런 욕구를 만족시킬 수는 없다 하더라도, 어떻게든 마음을 달래 주는 사람들을 알고 있다는 것 역시 나쁘지는 않다.

그렇지만 이와 같은 반친구(半親舊)와의 관계에는 세심한 주의가 필요하다. 즉 허물없이 그들과 마구 장난을 치고 싶더라도 그들이 감정을 상하기 쉬운 인간이라는 것을 명심해야 한다. 거침없이 의견을 나누고 싶을 때에도 그들이 이 기마(騎馬) 시합을 진짜 전투로 생각할 수 있다는 것을 기억해 둘 필요가 있다. 우리가 그들과 적당히 즐기기 위해서는 억지로라도 자유롭고 스스럼없는 태도를 가장해야 된다. 이런 일을 실행하려면 정확성이 필요하다. 그것은 칼날이 번뜩이는 가운데서 추는 춤과 같다. 이것은 총명한 영혼에게만 가능한 유희인 것이다.

# 4

그대가 행복한 동안은 많은 벗을 가지리
그러나 그대 운명에 그늘이 지면 그대 혼자 남으리

고대 로마의 시인 오비디우스의 〈비가(悲歌)〉에 나오는
이 상투구(常套句)에는 일면의 진리가 있다. 그러나 이와
반대의 생각에도 역시 진리는 있다.

성공한 인간에게는 그의 곁으로 찾아드는 무리들이 끊이
지 않는다. 그들은 그에게서 어떤 맛좋은 국물을 빨아먹거
나 또는 다만 그의 행복한 영향권 안에 몸을 적시는 즐거움
을 누리려 하는 것이다. 이와 반대로 역경에 처한 사람은
상대해 봐야 아무것도 얻지 못한다. 그러나 불행한 인간은
실패한 인간이기도 하므로 그런 점에서 사람을 불쾌하게
하지는 않는다. 그 운명에 동정하는 사람들은, 마치 환자
를 찾아가 동정의 말을 하는 문병객이 자기의 건강을 고맙
게 여기는 것처럼 상대방에 대한 우월감을 더욱 즐기고
있다.

물에 빠지거나 차에 치이지 않기를 바라는 친구는 많다.
평범한 성공을 바라는 친구도 적지 않다. 그러나 행복을 빌

어 주는 사람은 참된 친구뿐이다. 우리가 온갖 노력을 기울였는데도 불구하고 아무런 성과도 올리지 못했다면 사람들은 입을 모아 너무나 불행한 일이라고 말할 것이다. 그러나 일이 호전되어 이윽고 운명이 우리에게 미소를 짓게 되면, 우리의 운명이 너무 가혹하다고 생각하던 사람들도 생각을 완전히 바꾸어 이젠 너무 행복하다고 생각할 것이다.

그들이 갖고 있는 정의감은 우리가 불우한 처지에 처해 있는 것을 보면 괴로와하지만, 너무 행복해도 달가와하지 않는다. 그리고 그것이 더욱 심해지면 참을 수가 없게 되어 상대편에 가담한다. 성공이 친구를 얻게도 하지만 친구를 빼앗기도 한다는 사실은 의심할 여지가 없다. 마치 철새의 이주가 계절의 변화를 보여주는 것처럼 이와 같은 친구와의 이별이 우리 운명의 변화를 보여준다고 할 수 있다.

불행한 사람을 도와야 한다는 관대함은 피상적인 것일 뿐, 참된 관대함은 좀처럼 찾아보기 어렵다. 불행한 사람을 돕는다는 것은 너무나 쉬운 일이며, 참된 관대함은 행복한 사람을 돕는 데 있는 것이다. 명성의 절정에 있던 형가리의 피아니스트 리스트가 당시대의 모든 것과 싸우고 있던 독일의 작곡가 바그너를 지지한 것도 칭찬할 만한 일이다. 그러나 리스트에게서 참으로 감탄해야 할 일은, 바그너가 자기를 따라붙고 이윽고 자기를 앞질렀을 때도 그에게 협력을 아끼지 않았던 일이다. 자기가 명연주가(名演奏家)로서는 인정받으면서도 작곡가로서는 무시당하고 있다는 사실은 당연히 한탄할 일이었으나, 그는 바그너가

살던 바이로이트까지 일부러 찾아가 진심으로 그에게 찬사
를 보냈다. 그는 경쟁자의 승리를 더욱 빛나게 하고 자기의
명성을 덮어 버리려는 상대에게 최고의 영예를 안겨 주었
던 것이다. 이것이야말로 영혼의 참된 위대성이다.

우리는 친구의 행복을 바란다. 그가 가치 있는 친구라는
사실이 인정되면, 그것은 당연한 일일 것이다. 친구가 예
기치 않았던 행운을 얻는다면 더욱 기쁘게 생각한다. 운명
은 당연히 그 총아(寵兒)를 갖는 이상, 좀더 적당한 사람을
택할 수 있었을 것이라고 생각하지는 않는다. 우리는 운명
이 친구에게 주는 행운이 분에 넘치는 것이라고는 추호도
생각지 않는다.

# 5

확실히 대부분의 사람들에게는 인간의 차이 따위는 거의
눈에 띄지 않는다. 그들은 인간이 모두 엇비슷하다고 생각
하고 있으므로, 더욱 쉽사리 이득이나 편의에 따라 친구를
사귄다.

그러나 이것으로 진실을 말했다고는 볼 수 없다. 덕이 뛰
어난 사람으로부터 재능이 뛰어난 사람에 이르기까지 모든
훌륭한 인물 곁을 지나면서도, 자기가 무엇과 접촉했는지
전혀 알지 못하는 사람들이 많은 것은 사실이다. 그러나 어
떤 확실한 본능에 의해 자기들과는 다른 인간의 존재를 아

는 사람들도 많다. 그러나 보통은 이러한 본능에 의해 분명히 반감을 느끼게 될 뿐이다. 그러므로 평범한 인간은 자기보다 뛰어난 사람들을 적으로 삼을 수밖에 없도록 되어 있다고 말해도 좋을 것이다.

그러나 평범한 사람들끼리의 우정 전부가 이해(利害)에서 비롯된 것이거나 습관의 결과는 아니다. 잘 살펴보면, 그 가운데는 눈에 잘 띄지 않는 매력이나 성실한 마음씨에서 싹튼 것도 있음을 알 수 있다. 이런 접근의 원인을 찾아보면, 거기에 상호간의 표면적인 유사성이나 뚜렷한 연계성이 있다기보다는 더욱 미묘하고 깊은 일종의 등가성(等價性)이 있음을 알 수 있다. 두 사람이 아무리 다르다 하더라도, 대개의 경우 각각의 성격 속에 같은 자부심이 관여하고 있기 때문에 서로 마음이 끌리는 것이다.

"나를 내가 말하는 그대로의 인간으로 간주해 주게. 그러면 나도 자네에게 그렇게 하겠네. 내게 속아 주게. 그러면 나도 자네에게 속아 주겠네." 이것이 이런 우정의 규칙인 모양이다. 그러나 감정을 서로 털어 놓을 수 있는 처지라면, 거의 견유적(犬儒的)이라고 할 수 있는 이 계약도 서로 이해하고 있는 두 영혼의 만족에 불과하다는 것은 말할 필요도 없다.

연애에 있어서나 우정에 있어서나, 서로의 허영심이 상대를 애무하고 두 감수성이 서로 꼭 껴안고 있는 듯이 보이며 이같이 맺어진 두 사람이 상대방의 거짓을 모두 진실이라고 생각하는 관계라면, 그것처럼 확고한 것은 없다. 이 경우에는 쌍방의 슬기로운 거래가 두 사람을 굳게 결합시키고 있는 것이다. 허영심이 충족된다는 이점이 그다지 분명치 않은 경우에도, 두 사람의 성격 사이의 이러한 대응과 평등이 공감(共感)이라는 것을 설명하는 중요한 사실임에는 변함이 없다.

인간 사회는 몇 개의 층이 있는 건물이라고 생각해 볼 수 있다. 각각의 층에서는 여러 가지 희극이 거듭 연출되고 있다. 그 화려함과 재능과 진실성은 각기 다르다. 아래층에서는 몹시 거칠게 연출되고 가운데층에서는 몹시 불쾌한 듯이, 맨 위층에서는 대단히 섬세하게 연출되고 있다. 이 어릿광대 연극에서 배역을 맡은 배우들은 모두, 다른 층에서 자기와 같은 역할을 하는 배우보다 같은 층에서 다른 역을 하는 배우와 더 참된 혈연이나 유연(類緣)을 갖고 있다.

그러므로 어떤 분야의 인간이 다른 분야의 인간을 존경하는 변덕을 부리더라도, 그것이 당사자가 생각하는 만큼 실없는 짓은 아니다. 왜냐하면 평소에 그는 다른 영역에서 자기와 동등한 수준의 인간을 택하고 있었기 때문이다. 진정한 상위(相違)란 두 사람이 서로 다른 영역에 있다는 것이 아니라 수준이 같지 않다는 것이다. 그리고 대개의 경우에 이러한 수준의 상위야말로 상호간에 적의(敵意)까지 불러일으키지는 않더라도 공감대를 잃게 하는 것만은 분명하다.

자기 수준 이상의 것밖에 사랑하지 못하는 영혼도 있지만, 자기 수준 이하의 것밖에 사랑하지 못하는 영혼도 무수

히 있다. 어떤 우수한 인간이 그의 여러 가지 장기(長技)를
발휘해 자기와는 다른 부류의 사람들을 잠시 매혹시킬 수
는 있지만, 곧 이들은 놀라움에서 깨어나 당초 느꼈던 매력
과 똑같은 반발로 최초의 감동이 지녔던 효과를 지워 버리
게 된다.

두 사람의 만남의 잔치를 더욱 성대하게 만들기 위해 그
들 사이의 차이나 불일치가 몹시 미미한 것이라고 아무리
꾸며 보이더라도, 서로 형제애와 등가성을 느끼지 않는다
면 두 사람은 진심으로 결합될 수가 없다. 이와 같은 형제
애나 등가성 때문에, 그들 가운데 한쪽이 상대방 이상으로
훌륭히 인생에 대처해 나가는 일은 없을 것이며, 본능적인
충동에 의해 상대가 따라올 수 없는 곳으로 도망치는 일도
없을 것이다.

그들은 자기들이 서로 다른 인간임을 알고 그것을 즐기
는 한편, 서로 비슷하다는 안도감을 느끼고 있기 때문에 더
욱 서로 사랑하는 것이다. 그러므로 그들은 논쟁 자체를 통
하여 서로 이해할 수 있고, 마치 같은 층에 살고 있어 층계
참(層階站)에서 만나는 이웃처럼 각자 자기 성격을 초월하
여 만날 수 있다고 생각한다.

그러므로 친구거나 연인인 두 사람은 진심으로 밀착할
수 있고, 그렇게 되면 피차의 고독은 사라진다. 그리고 진
심으로 찬사를 아끼지 않는다. 그 찬사는 받은 사람에게서
준 사람에게 반사적으로 돌아오는 것으로, 우리가 훌륭한
사람에게 보내는 찬사와는 종류가 다르다. 자기보다 훌륭

한 사람에게 보낸 찬사는 두 번 다시 우리에게 돌아오지 않는다. 그 찬사는 우리에게서 떠나면 그대로 사라져 버리고 만다.


# 6


　자기의 여러 가지 능력을 동시에 발전시키며 즐거움을 얻던 사람도, 때로는 지금까지 누려 보지 못했던 어떤 행복——물론 조금만 생각해 보면 그런 행복은 있을 수 없다는 것쯤은 쉽게 알게 되지만——을 누리고 싶다는 생각이 들 때가 있다. 매우 진기한 것을 발견하려는 희망을 부득이 버리지 않을 수 없게 되면 우리는 단순하고 진실한 것에로, 그리고 전보다 더 진솔(眞率)한 기분으로 되돌아온다. 그것은 마치 지상에 없는 엘도라도(남아메리카 아마존 강변에 있다고 생각된 상상의 황금향〔黃金鄕〕)를 찾아 헤맨 인간이 그 미치광이 같은 꿈에서 깨어났을 때 몇 닢의 은화——그것을 주는 사람의 손을 꽃처럼 장식하는——를 보고 기뻐하는 것과 같다.

　그때야 비로소 우리는 인간에게 있어서 성실성이나 용기나 양식(良識)이 얼마나 가치 있는 것인가를 느끼게 된다. 그때 우리는 진심으로 여성의 싱싱함을 사랑하게 된다. 그리고 넋을 잃고 바라볼 만한 훌륭한 사람들은 만나지 못하더라도, 적어도 훌륭한 거울이 되는 사람들만이라도 만나기를 바란다. 그런 사람들은 그들 스스로 많은 것을 가지고 있는 것은 아니지만, 다른 사람들이 지닌 것을 우리에게 비쳐 줌으로써 우리를 위로한다.  그러므로 자유롭게 개방된 생활에서는 어떠한 어려움에 봉착하더라도 새로운 수단에 의해 능히 대처해 나갈 수 있을 것이다.

우리는 마음의 자유로운 몽상을 위협하는 여러 가지 진리를 경험을 통해 배우며, 한편으로 더욱 섬세하고 미묘한 행복을 얻는 방법이라든지 우수(憂愁)에 빠지려는 순간에도 행복을 손에 넣는 방법 따위도 배운다. 우리는 소박성을 잃어 가면서 더욱 슬기로와져서, 전보다 불행하게 되는 것을 피할 수 있다. 노력에 의해 인식(認識)이라는 민둥산 꼭대기에 도달한 영혼은 과실(過失)이라는 큰길을 피하는 은밀한 우아함을 지님으로써 꾸불꾸불한 관용의 샛길을 지나 다시 사랑을 향해 내려가는 것이다.


# 7


만일 감성(感性)이 탐구한 것과 정신이 관찰한 것이 뒤섞여 있지 않다면 우리는 더욱 마음을 가다듬고 인간의 연구에 전념할 수 있을 것이다.

이 세상에는 그들 이외의 사람들과는 아무런 관계도 맺지 않고 있는 소수의 사람들, 즉 고귀한 사람들, 뛰어난 사람들, 매력적인 사람들, 그리고 때로는 이 삼자를 한몸에 갖추어 인생에 의미를 부여하는 사람들이 존재한다.  정신은 이러한 사실을 부정할 수 없으며, 감성은 이 확실성을 꽉 움켜 쥐고 자신의 흥분을 그것으로 정당화하려 한다. 정신은 인식하기를 바라고 감성은 발견하기를 바란다. 한쪽은 호기심에 넘치고 다른 한쪽은 갈증을 느낀다.

우리는 동전이 가득 들어 있는 자루를 앞에 놓고, 그 속에 몇 개 섞여 있는 근사한 메달을 찾아내려는 인간과 같다. 정신은 동전을 하나하나 조사해 보라고 말한다. 그러나 감성은 "빨리 서둘러라. 너는 곧 죽는다"라고 말한다. 그래서 우리의 손은 이따금 크게 떨리는 것이다.

# 4. 우정에 관한 16장

고귀한 영혼만이 칭찬할 줄 안다.

*

우리의 의협심(義俠心)이 남의 눈을 끌어 칭찬을 받는다면, 그것은 친구를 충분히 감싸 주지 못했다는 증거다. 자기의 일은 잊게 하고 친구의 일을 눈에 띄게 했어야 했다.

*

감성이 빈약한 인간은 짐이 없는 나그네처럼 홀가분하다. 감성이 풍부한 사람은 남보다 훨씬 자유롭지 못하다. 그러나 다른 종류의 사람들도 있다. 자기 스스로는 감성이 풍부하다고 생각하고 있지만, 그들은 속이 빈 트렁크나 손궤를 애써 가지고 돌아다니는 사람들이다.

*

훌륭한 생활을 하려면 고귀한 친구를 갖는 것만으로는 부족하다. 가능하면 고귀한 적(敵)도 가져야 한다.

*

친구의 탈을 쓴 사람과 인연을 끊는 것은 유익한 일일 뿐만 아니라, 그것 자체가 나의 성장이다. 정부(情婦)와 손을 끊음으로써 연애에 눈뜨게 되는 것처럼, 그러한 절연은 우정에 눈뜨게 한다.

*

보잘것없는 영혼은 우정의 경우보다 연애의 경우에 더욱 쉽사리 착각을 품는다.

*

중상가(中傷家)들이 어떤 한 사람을 헐뜯어 제물로 삼고 자신들은 비열한 친구가 되어 가는 모습은 보기에 불쾌하기 짝이 없다.

*

연인들은 그들 사이가 언제까지나 좋을 것이라는 말들을 하지만, 그것은 상대를 너무 잘 알고 있으므로 자기에게 무슨 말을 할지 알 수 없어 서로 경계하고 있는 것이다.

*

　우정이 갖고 있는 매력 가운데 하나는 속물들의 자랑거리가 되지 않는다는 것이다. 그들은 연애를 위해 자신을 남겨 둔다.

*

　관용이란 초연한 태도가 가장 점잖은 형식으로 표현된 것이다.

*

　감정이 상하기 쉬운 사람들은 언제나 우리에게 그들의 영혼이 금세 꽃필 것처럼 말한다. 그러나 우리가 그 영혼을 알게 되는 것은 그 가시에 의해서다.

*

　감정을 해치기 쉬운 영혼에는 봄이 없다.

*

　감정을 해치기 쉬운 사람들이 받는 형벌은, 행복과 가까이 있으면서도 그 행복을 손에 넣지 못한다는 것이다.

*

　세상에는 가짜 친구가 있는 것처럼 적(敵)도 있다. 그러

한 적은 매정함과 허세에 의해, 혹은 다만 멍청하기 때문에
만들어지기도 한다. 그러나 그와 같은 적대 관계는 숙명적
인 것도 아니고 필연적인 것도 아니라는 사실을 곧 알게
된다. 때로는 우연히 생긴 적이 꽤 좋은 친구라는 것을 알
게 되는 경우도 있다. 그럴 때에는 거의 알아차리지 못할
정도의 은근한 태도로, 그들을 나쁘게 생각하고 있지 않다
고 귀띔하지 않을 수 없다.

＊

  평범한 우정이나 연애는, 별의 모습을 확대해 주기는 하
지만 상(像)이 제대로 잡히지 않는 저질(低質) 망원경과
같다. 때로는 신경질이 아닌 갈망으로 그 별이 렌즈에 잘
들어와 주었으면 하고 바라는 수가 있다. 즉 전보다 분명치
는 않더라도 좀더 가까이 모습을 나타내 주었으면 한다. 그
러면서도 또 어떤 밤에는 그 작은 보석이 머나먼 거리의 하
늘에 깊숙이 박혀 맑게 빛나 주기를 바란다. 맑게만 빛난다
면 멀리 있어도 상관없다고 생각하며, 우리는 망원경을 팽
개치는 것이다.

＊

  당신의 우정이 당신의 연애와 마찬가지로 당신의 고독의
신기루에 지나지 않는다는 것을, 당신은 잘 알고 있다.

# 5. 남자와 여자의 우정

남자와 여자의 우정이라는 이 부분은 내게 주어진 주제 가운데 가장 미묘한 부분의 하나다. 이 문제를 다루는 데 있어서, 나는 이것이 무미건조하게 되지나 않을까 두려워했다. 그래서 이 위험을 피하기 위해 한 친구의 도움을 청하기로 했다. 그는 인간을 관찰하는 것이 취미며, 본질적인 것을 정확하게 끄집어내는 솜씨가 대단한 사람이다. 그가 너무 직절(直截)하게 진실을 말하기 때문에, 나는 그 말의 뉘앙스에 대한 얘기를 한다든지, 웃으면서 말하라고 한다든지, 좀더 완곡하게 표현하라고 한다든지 하는 일밖에 할 것이 없다. 이렇게 좀 통렬하다 싶은 사물의 인식 방법이 내 마음에 들지 않는 것은 아니다. 나는 감성의 부드러움과 마찬가지로 정신의 잔혹함을 좋아한다. 그에게는 이 두 가지 특질이 모두 있어야 할 곳에 있다.

그래서 나는 우정 일반에 대해 이미 한 말을 모두 그에게 들려주고, 남녀를 결합시키는 우정에 대해 그의 의견을 청했다.

　"우정에 대한 자네의 정의 방식은 결국 옳다고 생각하
네" 하고 그는 얘기를 시작했다. "그러나 그 정의 방식 자
체에서, 여자는 그런 감정을 맛볼 수 있도록 되어 있지
않다는 결론이 나오네. 우선 여자들에게는 남자들의 우정
이 발전해 가는 저 지적인 단계에 접근하려는 욕구가 전혀
없네. 그러나 남자들은 그 단계에서 서로의 경험을 얕잡아
보면서 그것에 대해 논하는 즐거움을 맛보고 있네.

　나는 여자가 남자만큼 지적인 존재가 되지 못한다고는
말하지 않겠네. 다만 여자는 지성을 따로 떼어 독자적으로
사용하는 일에 남자와 같은 즐거움을 느끼지 않을 뿐이네.
여자들은 생활 속에 틀어박혀 거기서 빠져 나오지 못하네.
감정의 세계에서 탈출하지 못하는 것이 여자들의 위대성이
기도 하고 또한 비극이기도 하지.

　여자 친구 둘이서 수다를 떠는 모습을 상상해 보게. 자기
가 알고 있는 사람의 소문을 싫증도 내지 않고 언제까지나
떠들어대지만, 그런 소문에서 끄집어낼 수 있는 진실 쪽에
는 전혀 관심을 두지 않네. 호기심은 대단히 강하지만, 인
식(認識)의 방향으로 이끌어 주는 그런 호기심은 절대로 아
니네. 세상이라는 구경거리에 열중하기는 하지만, 거기서
뭔가 배우려고는 하지 않네. 무엇이든지 뒤져 보긴 하지만
무엇 하나 관찰하지 않네."

　"지금 자네가 한 말은 친구 사이인 두 여자에 대해서겠

지?” 하고 나는 이렇게 말을 이었다. “그렇다면 여자들 사이에도 우정은 있다는 이야기가 아닌가?”

“아니, 편의상 그렇게 말했을 뿐이야. 잘 살펴보게. 그들을 결합시키고 있는 애정이 방금 내가 한 말을 입증하고 있다는 것을 알 수 있을 걸세. 그들의 애정은 자기들의 생활을 초월하는 것이 아니어서, 서로의 운명의 유사성(類似性) 쪽이 생활의 유사성보다 중요한 역할을 하는 거지.

친구 사이라고 생각하고 있는 여자들은 공범자가 아니면 둘 다 희생자일세. 어떤 여자들은 자기들의 음모나 쾌락을 서로 이야기함으로써 서로 힘이 되어 주지. 또 어떤 여자들은 운명에 시달리고 난폭한 남자들로부터 상처를 입었다는 공통점에서 서로 가까이하고 피난처가 되며 감싸 주고 정답게 속삭이지만, 그들의 감정에는 공허함을 나타내는 어떤 극단적인 것이 있네. 두 사람의 확실한 자아(自我)에는 각기 상대방의 색채가 스며들어, 웃거나 이야기하는 모습이 흡사한 경우를 자주 볼 수 있네.

그러나 이와 같은 비정상적인 동정은 진정한 우정이라기보다는 쓸데없이 연애를 모방하는 것이라고 할 수 있네. 이런 동정은 여러 가지 사정에서 생긴 것이기 때문에 사정 여하에 따라 아무렇게나 변하는 것이지. 두 여자의 운명이 비슷하지 않게 되면 그 이유만으로 헤어지네. 둘이 함께 좋아하는 남자라도 나타나면 금방 연적(戀敵)이 되고. 그들에게는 이전의 애정보다 이 새로운 경쟁심 쪽이 보다 자연스러운 거야.

우정이란 확고하게 불변(不變)과 평정(平靜)의 성질을 갖고 있는 것이어서 여자들에게는 맞지 않네. 이 평정이 그녀들에게는 음산하게 보이고, 이 평안이 갑갑하기 그지없네.

여자는 선천적으로 연애의 파란을 맛보도록 되어 있기 때문에, 우정을 맺는다는 것은 마치 절대 군주를 섬기던 동양인이 잠시 서구(西歐)에 머무는 것과 같지. 그들은 처음에는 법률의 보호를 받으면서 살아가는 기쁨을 느끼게 되지만, 곧 그런 평범한 생활을 따분하게 생각할 걸세. 그래서 영국식 헌법의 고마움 따위는 조금도 느끼지 않게 되고, 변덕 하나로 노예들의 생활을 그처럼 다양하게 하는 전제 군주를 그리워하게 되네.

여자에게는 예상 외의 일이나 불화, 말다툼 그리고 화해 같은 것이 필요하지. 이처럼 변화 무쌍한 환경은 여자들의 성격의 요모조모를 돋보이게 하고, 아마도 여자들이 실제로 갖고 있는 이상의 뉘앙스를 줄지도 모르네. 별로 반짝이지 않는 작은 다이아몬드는 가만히 놓여 있을 때보다 움직일 때 훨씬 더 반짝이는 것처럼 보이는데, 여자란 그 작은 다이아몬드와 마찬가지야. 그러니까 여자들이 우정을 외면하는 것은, 우정으로는 자기들의 성격이 충분히 드러나지 않기 때문이기도 하고, 또 너무 확연하게 드러나 버리기 때문이기도 하네.

어떤 여자에게 있어서는 우정의 성실성이 불쾌하기까지 하네. 속일 수 없는 감정은 여자들이 지닌 자제력의 한계를 드러내기 때문이야. 남자들의 견고한 우정처럼 요염한 여자를 속상하게 하는 것은 없네. 이런 여자는 남자들에게 경쟁을 시켜 그들의 우정에 조금이라도 금이 가게 하지 않고서는 배기지 못하네."

친구는 내 대답을 듣기 위해 입을 다물었다. 그러나 그의 이야기가 흥미 있는 것이었으므로, 나는 그대로 계속하라는 눈짓을 했다.

"남자끼리의 애정에는 한 가지 중요성을 가진 감정이 있는데, 자네는 이 중요성을 별로 강조하지 않은 것 같군. 그 감정이란 존경을 두고 하는 말이야. 이 존경이야말로 로마식 우정의 고삐라네. 한 인간을 존경한다는 것은 그 사람의 자질을 믿는 것을 말하네. 그것은 표면에 나타나 있는 것이 아니라 더욱 깊이 숨겨진 여러 가지 장점을 믿는 거라네.

여자들은 당연히 이 존경심을 아주 약하게 느낄 뿐이지. 존경이란 여자들의 눈에는 꽤 속된 가치로만 보이는 감정이야. 물론 존경할 만한 남자가 가까이 있으면 여자들도 대단히 기뻐할 테지. 유사시에 의지할 수 있으니까. 그러나 여자들이 이런 남자를 특별히 사랑한다고는 볼 수 없네. 여자들이 연애에서 본능적으로 요구하고 있는 것은 한없는 변화와 모험이네.

연애는 여러 가지 전락(轉落)과 비약을 미끼로 여자들을 유인하네. 그래서 여자들은 자기가 타락한다는 것을 느끼면서도 그런 남자에게 마음이 몹시 이끌리는 경우가 있네. 두 사람이 빠져드는 어둠 속에서 마냥 즐길 수 있으니까. 물론 칭찬해 주는 남자에게 마음이 이끌리는 경우도 있네.

그런 남자는 여자를 껴안고 갑자기 높은 생활의 터전으로 데려다 주기 때문이지. 요컨대 보다 높은 데로 올라가든 보다 낮은 데로 떨어지든, 여자들이 현재 있는 장소를 떠난다는 사실이 중요하네. 그런데 이거야말로 신뢰할 수 있는 남자가 여자들에게 약속할 수 없는 일이지. 그래서 여자들이 존경이라는 말을 입 밖에 내더라도, 그 말은 어디까지나 배워 익힌 것일 뿐 영혼 속에서는 전혀 깊은 의미를 갖지 못하는 거야.

그러나 자기에게 이득만 있다면 기꺼이 이 말을 사용하지. 나는 전에 남편이 싫어진 젊은 아내의 이야기를 들은 적이 있네. 그녀는 남편을 존경할 수 없다고 마구 몰아세웠네. 그리고 그 이유를 여러 가지 들었는데, 그것은 이론(異論)의 여지가 있는 것이었어. 그녀는 얼마 후 이혼해서 어떤 젊은 남자와 뜨거운 사이가 되었네. 그런데 이 젊은 남자는 존경할 만한 사람이었느냐 하면, 그렇지도 않았네. 그녀에게 그런 것은 아무 상관이 없었네. 그 사나이가 마음에 들었으니까.”

“그런데 말야” 하고 내가 말했다. “17세기의 재원(才媛)들이 만든 ‘사랑의 지도(地圖)’(프랑스의 여류 소설가 스퀴데리의 작품 《끌렐리》에 나온다)에는 ‘존경에 의거한 사랑’이라는 것이 있네.”

친구는 웃었다. “‘감사에 의거한 사랑’이라는 것도 있지. 그러나 자네나 나나 그런 ‘사랑’에 대해 별로 기대하고 있는 것은 아니잖나?”

나는 이야기를 계속했다. “여성의 성질 가운데 우정에

적합하다고 생각되는 것이 적어도 한 가지는 있다고 생각
하네. 그것은 여자들의 섬세함이지."

친구는 내 말을 가로막았다. 그러나 그때 그가 내게 한
말은 너무나 신랄하여 여기서 그대로 얘기할 수 없으므로
그 골자만 전하려고 한다. 그는 나에게 진실이냐고 묻고,
내가 그렇다고 대답하자, 여자가 섬세하다고 생각된다면
그것은 아마 여자들의 예쁘장한 용모나 작은 손발 때문일
것이라고 말했다.

"자네 의견의 어떤 다른 근거를 찾아보려 해도, 그것은
불가능한 일이야. 즉 여자는 아이를 낳거나 병자를 돌보거
나 남편의 시중을 드는 등, 자연이 맡긴 역할 때문에 섬세
함이라는 사치에 빠질 틈이 없지……."

"그렇지만 자네도 섬세함이 남자의 장점이라고는 주장하
지 못하겠지." 다소 초조해진 나는 이렇게 대꾸했다.

"확실히 우리에게 이 장점을 가장 잘 느끼게 해주는 것은
모든 남자가 아니라 몇 사람의 남자야."

"그것으로 충분하네. 즉 몇 사람의 남자와 몇 사람의 여
자만으로 충분하지. 그래서 연애는 많은 사람들을 서로 뒤
섞지만 우정은 선택된 사람들만을 결합시키는 걸세."

그러자 이 고집불통의 사나이는 또다시 웃음을 터뜨
렸다. "자네가 말하는 선택된 남자가 어떤 사람인지 대강
알겠네. 그러면 선택된 여자란 가장 아름다운 여자를 말하
나?"

"무슨 실례의 말인가?" 하고 나는 소리쳤다.

"그럼 진지하게 얘기하세. 어째서 자네는 여자도 고도의 순수한 우정을 가질 능력이 있다고 말하고 싶어하나? 사랑의 도피행 같은 결단력 있는 행동으로 세상과 인연을 끊는 이외에는, 여자만큼 이 사회의 계급 제도를 성실하게 받아들이는 축도 없네.

여자들은 지위 때문에 어떤 남자를 존중하면서도 그 남자의 성격이 마음에 들어 존중한다고 생각하고 있네. 여자들은 놀라운 통찰력을 갖고 있으니까, 사회적으로 유력한 사람의 영혼 속에서 여러 가지 미묘한 장점을 발견할 수 있네. 그러나 여자들이 그 사람을 칭찬하는 것을 듣노라면 저절로 미소를 짓게 되지. 만일 그 인물이 실제로 차지하고 있는 지위에 의해 드러나지 않았더라면 그렇게 대단하다는 그 사람의 장점 따위는 어느 것 하나 찾아보려고도 하지 않았을 테니까 말야. 사실 여자들은, 지위나 명성만 있으면 어떤 속물이라도 기꺼이 맞아들이지. 여자는 자기가 그 남자를 매혹시키고 있다는 것을 보이려다가, 반대로 그 남자에게 매혹당하네. 성공에는 거역하지 못하는 법이야.

이렇게 말한다고 해서 내가 지금 이것저것 간책(奸策)을 꾸미는 여자들의 이야기를 하고 있는 건 아니네. 이런 여자들이 필요한 남자 친구를 만드는 것이야 당연하지. 그 정도로 저급한 여자들은 제쳐 두고도 제 딴에는 이해(利害)를 초월해 있는 것으로 생각하고 남에게 기댈 필요가 없다는 여자들에게도, '권력'이 있거나 또는 단지 권력이 있어 보이는 남자에게 기대고 싶어하는 욕구가 얼마나 많은가! 그

렇지만 이 사람아, 여자들을 너그럽게 보아야 하지 않겠
나! 노예는 언제나 주인의 마음에 들고 싶어한다네.

 그런데 이렇게 해서 그녀들이 성공한 사나이들의 장식품
이 되어 있을 때, 참으로 섬세한 사람의 눈길은 그 어리석
은 승리자에게 쏠려 묵묵히 그를 심판하고 처형하는 것일
세."

 "그래, 하지만 내 생각은 달라. 여자는 약하네. 자네나
내가 무례하다고밖에 보지 않는 그러한 행동에서 여자들은
종종 힘을 느껴 그 지배력에 굴복하네. 이렇게 말한다고 해
서 자네 말에 공감한다는 뜻은 아니야. 공감하기는커녕,
여자들은 가치 있는 것을 인정하는 감식안(鑑識眼)과 재능
을 갖고 있다고 주장하고 싶네. 이것이야말로 여성이 세상
에서 수행하는 가장 섬세하고 미묘한 역할이 아니겠나?
위대한 인간의 생애를 살펴보면 틀림없이 내가 지금 한 말
의 확증이 발견될 걸세. 그런 사람들을 잘 알고 그들을 가
장 잘 섬긴 것이 여자라는 사실을 말이네. 이와 반대로 남
자들은 뛰어난 인물을 알지 못하고 살아가거나, 혹은 허영
심에서 질투하거나 둘 중 하나지. 그러나 여자는 뛰어난 인
물을 발견하면 기뻐하네."

 "바로 그 점이, 여자들의 자존심이 조금도 손상되지 않
았다는 증거일세" 하고 친구가 대답했다. "손상되기는커녕
오히려 자존심을 자극하는……."

 "증거 따위는 아무래도 좋네. 이 사실은 확실한 것이니
까."

 "확실하지" 하고 친구도 솔직이 동의했다. "즉 여자는 어떤 수단을 써서든 성공한 자나 명성이 있는 자 또는 어느 정도의 지위에 오른 사람들을 잔뜩 찬양하지. 그러고 나서 이번에는 남자라는 가치밖에 지니지 못한 채 평범하게 살고 있는 남자들을 찾아내 돈이나 명성이나 성공이나 가짜 영광을 가진 남자들의 행렬 맨 끝에 붙여 버리네. 결국 앞서 칭찬했던 인간들보다 못하다는 거지. 이것이 여자들의 친절이라네."

 그 친구는 이미 내가 잘 알고 있는 그 특유의 표현과, 사냥감을 쫓는 사냥꾼의 대담하고 신랄한 태도로 이야기하기 시작했다. 그러나 나는 도저히 그 친구처럼 만족할 수 없었다. 내 주장을 펴볼 기회도 찾지 못한 채, 서서히 설복당하는 기분이었다.

 "아뭏든 우리의 문제로 되돌아가세" 하고 나는 말을 이었다. "자넨 무슨 말을 하고 싶은 건가? 경험이 그 무수한 증거를 보여주고 있는데. 선택된 남녀 사이에——연애와는 아무런 공통점도 갖고 있지 않기 때문에——더욱 진실하고 자유롭고 견고한 교제가 있을 수 있다는 사실을 자네는 부인하려는가? 또 이런 교제가 오래 지속될 수 있다는 것과 그것이 우정이라는 이름에 합당하다는 것을 부인하려는가?"

 친구는 나를 바라보더니, 여느 때와 같은 확고한 어조로 대답했다. "여자가 남자를 소중히 하는 방법은 하나밖에 없네. 그건 그 남자를 사랑하는 것이라고 말하고 싶네. 남녀간의 우정이란 있을 수 없네. 그건 억제되고 엷어지고 약화되어 무의식적으로 나타난 연애 감정이거나, 처음부터 차분하게 가라앉은 감정이 나타난 데 지나지 않네.

　여자가 남자에 대해 우정이라는 말로 장식된 애정을 품을 때, 그 여자는 언제나 남자에게 최후의 것을 주고 싶어하면서 참고 있다고는 말하지 않겠네. 오히려 그녀가 그런 것은 생각지도 않는다는 사실을 인정하네. 그러나 그녀는 결국 그 남자가 좋은 거야. 즉 만일 그 남자에게 어떤 수정을 가하여 연령이나 체격이나 언행 따위를 바꿀 수 있다면, 그 여자는 본시 타고난 성질로 보아 열렬하고 섬세한 연애의 왕국에 빠져들 수도 있었을 것이라고 생각하네.

　그녀가 남자에게 느끼는 호감은——그것이 성실하여 이해(利害)나 허영심에 관련되어 있지 않다면——미미하나마 연애의 따스함을 보여주고 있네. 물론 어떤 남자에 대한 그녀의 호의가, 의무나 도덕이나 혹은 단지 체면 등을 생각하여 완전히 억제되는 경우도 있을 수 있네. 그리고 이미 그녀의 마음을 차지하고 있는 구체적인 연애 감정 때문에 우정이 무의미해지는 경우도 있겠지. 혹은 마음이 쏠리는 남자의 흉한 몸매나 나이나 지위 때문에 호감이 발전하지 못하고 끝나는 경우도 있을지 모르고 말야.

　결국 여자가 남자에 대해 갖는 호감은 그 성질상 처음부터 성장할 수 없도록 되어 있다는 점을 강조하고 싶네. 즉 성실한 동시에 그저 가벼운 기분이기도 한 호의는 결코 큰 약점이라고까지는 할 수 없지만, 대수롭지 않은 약점은 되는 것일세. 그러나 연정(戀情)이 섞인 이 사소한 편애(偏愛) 역시 우정이라는 커다란 팬케이크에 향기를 더해 준다는 사실에는 변함이 없네.

남자 쪽에 서서 보게. 사정은 마찬가지라네. 아주 진실하기는 하지만 썩 마음이 끌리지는 않는 여자가 이 세상에는 있네. 그러한 여자들에게는 연정을 고백할 마음이 나지 않네. 예컨대 달리 약속이 있다거나, 어떤 사소한 일로 그녀에 대한 호의를 유지할 수 없게 된다거나, 혹은 그녀에게 품고 있던 공감이나 관심이 진실한 것이어서 거짓 감정으로 그녀를 유혹할 마음까지는 생기지 않는다거나 하는 경우가 있겠지. 이 남자의 감정은 미묘하네. 무언가가 빠져 있는 이 호감 정도로 상당히 매혹당하고 있다고 생각하는 것은 잘못이며, 그렇다고 해서 냉정한 호의라고 생각하는 것도 잘못일 걸세.

남자든 여자든 단순성을 벗어나게 되면, 손에 넣고 싶지도 않고 잃어버리고 싶지도 않은 사람을 이성 가운데서 발견하는 경우가 있는 법이지. 이런 사람을 우정 속에 넣어 버리는 거야. 즉 주요한 이성 관계를 별도로 갖는다는 자유를 그대로 가지고, 또 상대방에게도 같은 권리를 인정함으로써(물론 이 계약 가운데 나중 것은 별로 생각하고 싶지 않지만), 언제나 만날 상대가 있게끔 하는 안전 장치로서 남겨 두는 것일세.

그러나 이렇게 애매한 애정에는 우정이 갖고 있는 성실성도 없고, 그 훌륭한 안정성도 없을 걸세. 그것은 아무리 평온하게 보일지라도 역시 연애의 여러 가지 변용(變容)이나 개개 사건들의 재현에 불과하네. 마치 난로에서 장작을 태우고 있는 얌전한 불길이 조그만 화재를 일으키고 있는 것과 같지.

이런 여자 친구는 우리에게 그저 뜻도 없는 아양을 떨고, 우리도 아무런 야심 없이 듣기 좋은 말로 대답하지. 그러나 그녀를 아무렇게나 대하면 조그만 말다툼이 벌어지네. 다른 여자와의 관계를 들추어 우리를 놀려대기도 하지. 그리고 우리가 누군가 다른 여자에게 관심을 두는 것을 보면, 그녀는 무척이나 야속해 하네. 이건 우리도 마찬가지야. 우리도 그녀가 어떤 남자에게 홀딱 빠지면 질투를 느끼게 마련이야.

이 정도 말하면 이런 우정의 성격이 어떤 것인지 분명해질 테지. 그런데 때로는 이런 공감으로 맺어진 두 사람이 참된 우정을 흉내내어 즐기는 경우가 있네. 예컨대 두 사람이 함께 공부를 할 경우, 멍하니 딴생각에 젖어 이야기가 탈선하는 수가 있네. 이때 남자는 상대방 여자의 모자라는 머리를 감싸 주고, 그 약점을 그녀의 영광으로 반전(反轉)시키기 위해 신경을 쓰네. 이것은 분명히 우정보다 달콤하고 즐거운 일이지만, 우정만큼 진실하지는 못하네. 이런 애정이 조금이라도 현실성을 띠게 되면 그것은 숨겨진 연애 감정에 불과하다는 것을 간단히 증명할 수 있네.

남녀가 서로 사랑하면서도 결코 사랑의 표시를 하지 않으려고 결심하는 경우가 있지. 이 경우 그들의 우정은 사실

행위가 없는 연애에 지나지 않아. 이것은 나의 주장에 그대로 들어맞으므로 더 애기하지 않겠네. 그리고 친구 사이라고는 하지만 실상은 과거에 그녀를 죽도록 연모했으면서 어쩔 수 없이 자제하고 있을 뿐인 남자에 대해서도 여기서는 말하지 않겠네.

그런데 여기 우정에 대한 자기의 의무를 절대로 저버리지 않겠다고 결심한 젊은 여자가 있다고 하세. 그녀는 어떤 남자에 대해 품은 호의를 그만큼 자유롭게 느낄 수 있네. 이런 여자의 우정이, 그녀가 꿈꾸던 연애가 아니고 무엇이겠는가? 그리고 젊은 남자에게 호감을 갖고 있는 나이 지긋한 부인이 있다고 하세. 그 부인이 품고 있는 감정은 두 사람이 다른 관계로 만났다면 품었을는지도 모를 훨씬 격렬한 애정이 순화(純化)되어 나타난 것이 아니고 무엇이겠는가? 그 청년이 어떤 것에 마음을 빼앗기고 있는지 알려 하며, 그가 좋아할 여자를 자기가 골라 주려고 한다는 사실이 그 증거가 되겠지. 따라서 누구보다도 그녀 자신이 알아차리지 못하고 있는 일이지만, 그녀가 우정이라고 생각하는 것은 인생의 겨울에 느끼는 연애 감정에 지나지 않네.

나로서는 이런 생각이 어째서 자네 마음에 들지 않는지 알 수 없네. 나에게는 오히려 이런 생각이 감동적으로 여겨지는데 말이야. 사랑의 날개는 언제나 여자들을 감싸고 있네.”

친구는 한참 생각에 잠겼다가 다시 이야기를 시작했다. “이 밖에도 예는 얼마든지 있네. 젊은 여자와 친구가 된 노인을 생각해 보게. 그는 그녀에게 책을 보내 주고, 그녀의 정신적인 장점에만 관심이 있는 듯이 보이지. 모든 측면에서 그와는 거리가 먼 한 여성의 생활에 끼어 들기 위해서는 그 외에는 방법이 없네. 그러나 실제로 이 노인은 아무런 희망도 없는 연인이 아니고 무엇이겠나?

여자 친구가 병에 걸린 어떤 남자의 경우를 보세. 그는 그녀에게 꽃을 보내고 문병을 하면서 여러 가지로 돌봐주네. 이 사나이는 그녀 곁에서 깊은 사랑에 지친 자신의 몸을 씻고 있는지도 모르지. 그녀가 아름답다는 이유도 있겠지. 눈은 서글서글하게 열려 있고, 짙푸른 정맥이 그 육체에 신비로운 아라베스크 무늬를 그리며, 그 연약하고 투명한 육체가 어쩐 일인지 아름답고 건강한 처녀 이상으로 그의 정욕을 자극할지도 모르네. 여자 쪽에서도 그 남자가 옆에 있어 주는 것이 기쁘지. 그것은 자기가 여자로서의 매력을 아직 다 잃지 않았다는 증거도 되고, 언젠가는 그 매력을 완전히 되찾을 수 있다는 약속도 되어 주기 때문이지.

상처를 입은 감수성이라든지, 배신당한 남자라든지 내성적인 남자라든지, 관계를 맺는 위험을 저지르는 것은 두렵지만 거절한 남자의 옆에서 살고 싶어하는 여자라든지 하는 자들의 모든 것을 생각해 보게. 그처럼 많은 자칭 우정이 있다는 데 새삼스럽게 놀랄 건 없네. 분명히 그들이 우정 속에서 찾고 있는 것은 엷어진 연애 감정이야. 육지 쪽으로 깊숙이 들어가 있기 때문에 언제나 조용하여 파도 하나 없이 조용한 후미를 발견하는 경우가 있는데, 그 물을 조금만 맛보면 짠맛이 나서 그 후미 역시 먼 바다와 이어져 있다는 사실을 알 수 있네. 그들의 관계도 이와 마찬가지지."

"아마도 자네가 이야기한 것과 같이 여러 가지 경우가 있을 테지. 그러나 그렇지 않은 경우도 많네. 자네가 지금 말한 바와 같은 의심 따위는 전혀 하지 않고, 기꺼이 서로 만나는 남녀도 많이 있네."

"그렇다면 그런 우정은 아무 가치도 없네" 하고 친구는 확신에 차 방약무인(傍若無人)한 태도로 대답했다. "이 점은 잘 이해해 주기를 바라는데, 그런 우정은 당사자들의 깊숙한 내면의 생활에는 닿아 있지 않아서, 그들을 참으로 풍부하게 하지도 않고 또 정말로 그들을 지탱하고 있는 것도 아니네. 물론 그것이 그들에게 별로 쓸모가 없다는 의미에서 하는 말은 아니네. 인간은 누구나 인생의 막간(幕間)에 심심파적으로 뭔가를 하고 싶어하지. 대부분의 인간에게는 신경을 쓰는 일보다 그날그날을 지루하지 않게 보내는 것이 훨씬 중요하니까. 사람들 가운데는, 그들 자체가 중요해서가 아니라 기분 전환이나 휴식이 되는 구체적인 활동을 하는 데 유용하기 때문에 필요한 사람들이 있지. 그들은 우리에게 숨을 돌릴 수 있는 계기나 신호가 돼주는 걸세.

그러나 여기에 그치지 않네. 우리가 저마다 틀어박혀 있는 이 인생이라는 우연 속에서 우리가 가장 절박하게 느끼고 있는 것은 흔히 우리를 가장 비참한 상태에 묶어 두는 감정이네. 이러한 위험을 무시하거나 무릅쓰는 용기를 지닐 수 있는 것은 자부심이 강한 사람뿐이네. 다른 사람들은, 적더라도 뭔가 확실한 것을 가지고 싶어하네. 그래서 몇 푼 안 되는 연금(年金)에 매달려 겨우 굶주림을 면하려 하는 것처럼, 언제나 습관적인 우정에 매달리네. 이런 친구 관계는 우리가 인생에서 빈털터리가 되었을 경우에 도움이 된다고 말할 수 있을 걸세. 만일 친구가 솔직한 사람이라면 자기는 어떤 행복을 찾고 있는데 아직 아무것도 발견해 내지 못했다고 고백할 테지.

한편 여자에게도, 편리한 동시에 아무래도 좋은 그런 남자를 친구라는 이름으로 자기 마음대로 활용할 수 있는 일처럼 도움이 되는 것은 없다는 점을 생각해 보게. 이런 남자들은 여자를 위해 무엇이든지 해주며, 모든 어려운 일을 해결해 주네. 이에 대해 여자는 아무런 뒤탈도 생기지 않을 달콤한 미소로 답례만 하면 되네.

그러면 근본적인 문제로 돌아가세. 즉 이와 같은 우정은 그 관계를 맺고 있는 사람들의 자존심을, 여자뿐만 아니라 남자의 자존심도 건드리지. 이 사람아, 이건 사실이네. 여자 친구를 두고 그녀와 함께 있는 것을 다른 사람에게 보이며 언제나 싸구려 장식물처럼 그녀에게 매달려만 있으면 그것으로 흐뭇해 하는, 조심스럽고도 허영심 많은 사나이도 이 세상에는 있는 걸세. 그럴 테지, 이처럼 신명나면서도 싸게 먹히는 일은 없으니까. 그들은 조역(助役)의 회색 양복을 걸친 가엾은 차림을 하고 있으면서도, 마치 장식이 달린 옷을 입은 미남 주역(主役) 배우처럼 자랑스러운 얼굴로 뽐내며 걸어가네.

한편 여자들이 자기 주위에 많은 남자들을 거느리고 의기양양해 하는 것도 무리가 아니야. 이렇게 모여든 친구들은 그녀의 매력과 굳은 절조(節操)를 동시에 증명하는 걸세. 여자들이, 이런 남자들을 잘 길들여지고 무장이 해제되어 굽실거리는 애인, 아무것도 요구하지 않고 섬기기만 하는 애인으로 대우하는 것을 자네도 모르지는 않겠지 ?

결국 여자들은 연애 이외에는 전혀 참된 감정을 생각할 수 없어. 그래서 남자가 맞장구라도 칠라치면, 설사 그것이 거짓말이라도 자기에게 반한 것이라고 진심으로 믿어 버리네. 그러므로 그런 상대는 여자들의 명예를 높이는 데 도움을 주네. 아니 더욱 큰 효과가 있네. 여자란 계속 자신(自信)을 갖기 위해서도 그리고 장차 연애를 할 경우에 사용할 여러 가지 수단을 시험해 보기 위해서도 남자 친구들에게 에워싸여 있을 필요를 느끼지.

미안하지만 우리 모두가 잘 알고 있는 진리 하나를 상기해 주겠나? 즉 여성은 아무리 자기 능력을 뽐내더라도 결코 자신을 갖지는 못하는 걸세. 그녀는 언제나 되풀이해서 그것을 입증해야 하네. 자기가 알고 있는 주문(呪文)이 잘못된 것이 아닌가 하여 언제나 걱정하고 있는 마법사와 같지. 바닷가를 거니노라면 날씨가 너무 좋아, 폭풍을 부르는 주문으로 이 날씨를 바꿀 수 있을까가 의심스러워지지. 그래서 작은 소리로 주문을 외면 곧 구름이 일고 바다는 어두워지며 파도가 높아지네. 마법사는 만족하여 본래대로 평온을 되찾는 주문을 외네.

　바로 이 마법사와 같이, 젊은 여자도 갑자기 자기를 의심하게 되네. 그것도 자기가 늙었다든지, 딴 여자가 자기보다 더 사랑을 받고 있는 것을 알았다든지, 또는 단순히 그날 밤에 피로했다든지 하는 이유만으로 말일세. 그런데 옆에는 남자 친구 하나가 태연한 얼굴로 이야기를 하고 있네. 그녀는 이 태연한 모습에 갑자기 화가 치미는 걸세. 그녀는 남자의 이야기를 가로막고 상대방의 얼굴을 물끄러미 쳐다보거나 어조(語調)를 바꾸어 말하네. 그러지 않으면 그의 손을 만지든지, 하나의 육체가 거기 있다는 사실을 일깨우고 우리의 말상대에게는 머리나 정신만이 있는 것이 아니라는 사실을 생각나게 하는, 그 무어라고 할 수 없는 몸짓을 하네. 그러면 가엾은 사나이는 깜짝 놀라 펄쩍 뛰며, 자기에 대한 여자의 마음이 갑자기 불타 올랐다고 생각하지. 그리고 지금 만족하고 있는 역할보다도 더 중요한 역할을 하고자 했던 옛날의 여러 순간을 번개같이 생각해 내네. 그렇지만 일은 그것으로 끝이야. 시험은 성공한 셈이지. 변함없이 사랑에 사로잡혀 있는 그녀는 안도의 숨을 쉬고 뻔뻔스럽게도 다시 진지한 우정으로 돌아가는 걸세."

　나는 미소를 짓고 있었다.

　"이것으로 모든 게 분명해진 셈이야" 하고 그는 이야기를 계속했다. "확실히 여자는 남자 친구에게 집착하고 있네. 어찌 집착하지 않을 수 있겠나? 남자 친구란 말하자면 가구(家具)와 같은 것일세. 그것은 장차 그녀에게 반할 남자의 주의를 끌도록 뒤에서 도와 주는 것으로, 마치 액자와 같은 것일세.

여자가 남자 친구에게 집착하는 것은 그들을 꼭 붙잡아 두고 다른 여자에게 빼앗기지 않기 위해서라네. 여자끼리 는——다른 점에서도 그렇지만——이 점에 있어서도 서로 적(敵)이지. 여자의 참된 성격은 아무도 잃고 싶지 않다는 것이네. 그녀들은 남자를 수집하지만, 그 수집은 끝이 없네. 그리고 어떤 남자라도 모을 수 있지. 우선 높은 사회적 지위를 지녀 여자를 기쁘게 해주는 남자는 물론이고, 끈덕진 남자나 노인, 그리고 아까 자네가 말한 별무가치(別無價値)한 남자 등도 괜찮지. 이런 사람들로도 머릿 수는 채울 수 있으니까.

그런데 여기 그녀를 연모하는 답답하기 짝없는 사나이가 있다고 하세. 여자 쪽에서야 눈곱만큼도 마음에 들지 않지. 오히려 그에게 아무것도 주지 않으려고 결심하고 있네. 그녀가 이런 사나이를 어디든지 마음대로 가게 할 줄 아나? 절대로 그렇지 않네. 우정이라는 싸늘한 방에 처박아 두는 걸세. 사실 여자들에게 선택의 취미가 없는 건 아냐. 오히려 가능하다면 닥치는대로 선택하려고 하네. 과자점(菓子店)에 들어간 어린애를 생각해 보게. 그 애가 탐내지 않는 과자가 있을까?"

"자네도 지독하군. 자네가 한 말은 대개의 여자들에게는 해당될 걸세. 그러나 그 말에 해당되지 않는 여자가 있다면 그 한 사람만으로도 다른 여자 모두를 합친 것보다 가치가 있네."

그는 미소를 지었다. 내가 그를 바라보자, 그쪽에서도 역시 조롱하는 듯도 하고 어쩔 수 없다는 듯도 한 표정을 숨김 없이 드러내는, 그야말로 친구다운 눈으로 나를 바라보았다. 나는 그가 나를 어떻게 판단하고 있는지 잘 알고 있었다. 그는 내가 공상적(空想的)이어서 마지막 순간에는 모든 인간을 안개로 덮어 버리고 말 것이기 때문에 인간을 분명히 볼 수 없다고 생각하고 있는 것이다. 한편 나는 그가 너무 평범한 사람만 관찰하여 예외적인 사람에 대한 감각을 잃고 있다고 생각했다. 양쪽 모두 일리는 있을 것이다.

"그래서 여자는 남자 친구를 존중하네" 하고 그는 쾌활한 어조로 말을 이었다. "당연한 일이지. 자기를 칭찬해 주는 사람들이 고맙지 않을 리가 없으니까. 그런 사람들이 훌륭한 취미를 갖고 있지 않다는 얘기는 아닐세. 다만 칭찬을 하는 이유가 그들의 뛰어난 정신을 칭찬하면 할수록 자신에 대한 평판도 높아지기 때문이라는 거지. 그러나 여자들이 진심으로, 즉 본능이 성실하고 원초적(原初的)인 영역에서 정말 그 남자 친구들을 존경할 수 있는가에 대해서는, 나로서는 회의적이네. 여자들은 자기들이 베풀어 주는 것만으로 만족하고 있는 남자 친구들의 모습을 보고 깜짝 놀라거나 환멸을 느낄 걸세. 여자란 육체에 대한 것밖에 생각하지 않는 교제 상대를 노골적으로 경멸하지만, 육체에 대한 것을 전혀 생각하지 않는 남자들도 속으로는 경멸하고 있지 않을까 ?"

"좋아, 얼마든지 멋대로 떠들어 보게."

"나는 이렇게까지도 생각하고 있네" 하고 이 반대론자는 태연한 얼굴로 말을 이었다. "어떤 여성이 이런 우정에서 얻을 수 있는 것 중 가장 마음에 들어 하는 것은, 남자들에게서 승리를 얻는 일과 남자들에게 모욕을 안겨 주는 일이지. 그렇지만 이런 이야기는 그만두기로 하세. 이 이상 자네의 기분을 상하게 하고 싶지 않으니까.

남자 친구들에게 둘러싸인 여자라는 영원한 어린애가, 실제와는 달리 자기가 정신적이고 성실한 듯이 보이게 하면서 재미있어 하는 광경을 보게나. 그런데 어떤 미지의 남자에게 조금이라도 열을 올리게 되면, 여자들은 배은망덕하게도 옛날 그대로인 추종자들을 깨끗이 잊어버리고 등을 돌리네. 물론 그들을 잃고 싶지는 않기 때문에 여러 모로 신경을 쓰지. 그리고 이렇게 신경을 쓰는 것이 자신들의 친절인 양 가장하여, 에고이즘에서 나온 본성을 감추네. 이런 여자들의 남자 친구들은 구제도하(舊制度下)의 늙은 사관(士官)과 같네. 누구보다도 오래 근무해 왔지만 위관(尉官)이 고작이고, 왕의 총애로 갑자기 대령으로 뛰어오른 자와 언젠가는 교체되고 마니까.

근면하고 조심스러운 이런 사나이들이 여자들에게 필요한 것은, 언제나 그녀들의 매력을 증명해 주어 자신을 잃지 않게 해주기 때문이네. 여자들은 이렇게 그들의 염려나 호의나 존경에 에워싸여 있으면서 전혀 다른 것을 생각하고 있네. 여자란 남자 친구들에게 둘러싸여 누군가 그들과는 다른 남자가 자기 앞에 나타나기를 기다리고 있는 걸세.”

솔직이 말해서 이 마지막 말은 한동안 내 마음을 사로잡았다. 그러나 나는 마음을 고쳐 먹고 이렇게 대답했다.

“설사 자네 말이 옳다고 하더라도 어째서 자네는 중요한 점을 무시하나? 자네의 의견과는 반대로 얼마나 많은 여성들이 그런 끝없는 사랑 싸움이나 조금도 참된 기쁨을 주지 않는 지독한 아첨에 참으로 지겨워하고 있는지, 자네는 조금도 모를 걸세. 여자들은 마치 먹고 마시는 물건처럼 취급당하는 데 얼마나 지쳐 있나? 그리고 있는 그대로의 그녀들에게 조금이라도 진지한 관심을 보인다면, 그 비속한 탐욕을 보였을 때보다 얼마나 기뻐할까? 보기에도 갑갑한 꽃이 피어나 천한 향기를 풍기는, 연애라는 그 열대(熱帶)를 떠나 우정이라는 일드프랑스나 뚤레느(둘 다 프랑스 의 옛 지명)에 도착하면 얼마나 마음이 평안해질는지 자네는 상상도 못 할 걸세. 아침은 청명하고, 저녁은 아름다운 곳일세. 여자들도 이곳에서는 한 인격으로 인정받아 이야기를 들어 주거나 자기의 견해를 가질 수도 있네. 그리고 찬사에 대한 대가를 요구받는 일도 없네.”

“고마운 말이네” 하고 나의 논적(論敵)은 침착하게 대답했다. “내 정당성을 인정해 줘서 고맙네. 자네 말대로라면 그렇게 되네. 여자가 자유롭게 우정에 마음을 쏟을 수 없다는 것을 자네가 입증해 준 셈이야. 여자들은 우정 속에 있으면서 언제나 연애를 생각하네. 우정에서 사랑의 한(恨)을 풀려고 생각하는 것부터가 그렇다네. 그게 사랑에 끌려 다니는 하나의 증거지.

따라서 그런 우정이 좀 깊어지면 서로들 젠체하게 되네. 이런 교제를 하는 자들은 연애가 잘 이루어지지 않은 것을 음흉하게도 서로 위로하고 있는 걸세. 즉 자기들에게 장점이 없어서가 아니라, 주지하는 것처럼 난폭한 쪽이 이기게 마련인 연애 싸움에서 오히려 지나친 섬세함이 방해가 되었기 때문이라고 갖은 수단을 동원하여 상대방을 설득하려 하지. 이 점잖빼는 패배자들은 한데 어울려 자기들이 손에 넣지 못한 행복을 비방하네.

확실히 인생의 바탕에 깔려 있는 것은 두려운 것이고, 이런 진리를 아는 정도의 사람이라면 그런 태도에 대해서도 잘 알고 있겠지. 그렇지만 인생에 대해 언제나 불평을 늘어놓는 것은 섬세해서라기보다는 빈약한 탓이지. 즉 인생에서 대단한 것을 얻지 못했다는 사실을 자신도 모르게 자인(自認)하고 있는 셈이네. 위대한 영혼이라면 비록 인생에서 아무것도 얻지 못했다 하더라도 자기가 남들에게 무엇인가를 줌으로써 이루어지는 일들을 보고 즐거워할 걸세. 따라서 연애에서 만족을 얻지 못해 우정 속으로 도피한 자들은 자기들이 참석하지 않은 연회를 헐뜯으면서 식이양생(食餌養生)을 하고 있는 것과 같네.

만일 남녀간의 우정이 정말로 이렇게 탕약(湯藥) 냄새 풍기는 마음의 병원과 같은 것이라면 차라리 다른 데로 가서 지내는 편이 나을 걸세."

이렇게 말하고 그는 자리에서 일어났다. 그리고 그 날카로운 눈으로 나를 노려보면서 이렇게 덧붙였다. “이것으로 자네도 남자끼리의 우정과 남녀간의 우정을 구별하는 뚜렷한 차이를 알게 되었을 테지. 전자는 솔직하지만, 후자는 허영심 때문에 때로는 대단히 교활해지는 수도 있는 애매한 세계야. 이토록 분명치 않고 불성실한 것은 없네. 적어도 연애에서는 누구나 자기의 진가(眞價)를 발휘해야 한다는 특질이 있는데, 이런 종류의 자칭 우정은 아무런 고통도 요구하지 않는 애정이므로, 한 번도 실제로 사용한 적이 없으며 좀처럼 있을 수도 없는 장점이 자기에게 있다고 자랑할 수가 있네. 과시하는 것만으로 족하니까 말이지.

남자끼리의 우정은 연애를 초월하여 어떤 것에도 방해를 받지 않는 높은 경지로 발전하지만 남녀의 우정은 언제까지나 연애 밑에 머물러 있네. 그것은 어떤 다른 영역으로 들어가 우정이라는 이름을 잃지 않으면 아무래도 발전할 수 없는 한정된 감정이야. 여자가 남자에게 품는 감정이 연애가 되지 않고서 어떻게 힘을 가질 수 있는지 알고 싶군 그래. 우정이란 연애가 될 수 없는 감정에 붙여진 이름이네.”

친구는 내게 눈부실 정도의 잠언(箴言)을 맹렬하게 퍼붓고는, 나를 남겨 둔 채 방을 나갔다. 그가 나가 버리고 나자, 그의 이야기에 대한 대답이 마치 패전(敗戰) 뒤에 달려온 원군(援軍)처럼 내 머리에 떠올랐다.

여자에게는 자기 경험을 논할 만한 능력이 없다는 그의

말을 왜 듣고만 있었을까? 그것을 평가할 수 있을 뿐만 아니라, 필요하다면 가장 정밀하게 고찰할 수도 있는 여자들을 수없이 알고 있는 내가 말이다. 물론 그런 여자들의 성찰(省察)이 결코 특정 부류의 남자들과 마찬가지로 순수하게 지적인 성격을 지니고 있지 않았던 것은 사실이다.

여자들은 추억을 더듬다가 갑자기 섬세한 감정을 표현한다. 즉 그녀들은 정신이 높은 곳에서가 아니라 마음의 깊은 곳에서 생각하고 있는 것이다. 그러나 바로 그것이 일종의 매력이었다.

여자는 언제나 성공한 자에게 머리를 숙인다고 말하는 것은 또 왜 내버려 두었을까? 성공했다고 의기양양한 저급한 남자를 더없이 오연(傲然)한 태도로 호되게 모멸(侮蔑)하는 여자들을 본 일도 있는 내가…….

그러나 생각을 계속하는 동안, 나는 그 유별난 친구와 이야기를 나눌 때마다 반드시 일어나는 어떤 현상에 맞부닥쳤다. 즉 그에 대한 반증(反證)으로서 수집했다고 생각했던 사실도, 잘 살펴보면 그의 정당성을 입증하는 것에 불과했던 것이다.

내가 지금까지 관찰할 수 있었던 이런 감정을 모두 마음 속에서 되새겨 보니, 남녀 사이의 조용한 우정의 근저에는 무관심함이 있고 떠들썩한 우정의 근저에는 연애가 있다는 사실을 인정하지 않을 수 없었다. 뿐만 아니라 그 반대론자가 저 완곡한 연애의 매력에 대해 충분히 이야기하지 못했다고까지 생각됐다. 그런 연애는 이를테면 완만하게 요동하며 흘러가는 강물과도 같은 것이며, 경사가 급하여 어쩔 수 없이 그 통속적인 종국으로 흘러 떨어지는 강물보다 더 길고 흥미롭게 여러 지방을 돌고 돌 것이다.

우리는 다른 사람들에 대해서는 잘 알고 있지만, 여자 친구에 대해서만은 그 비밀을 캐내지 못하고 있다. 그들이 우리와 친한 것은 사실이지만, 그들이 여러 모로 조심해 왔기 때문에 그들의 성격은 아직도 환상이라는 장식으로 싸여 있는 것이다. 그러나 연애에 있어서는 그것이 한 단계 더 진행되어 우리가 상대의 성격을 낱낱이 알아내게 되면 이러한 장식은 더 이상 존재하지 않게 된다.

여자 친구로서 대단히 마음에 드는 여성이라면 아마도 우리가 사랑할 수도 있었을 것이다. 우리는 그지없이 정교한 기교(技巧)를 사용하여 그러한 여자들과는 영원한 성(性)의 밀통(密通)에서 벗어날 수 있을 것이라고 믿어 버리려 한다. 우리가 이러한 교제에 끌리는 것은, 우리 자신이 보다 은밀하고 보다 분명치 않은 모습으로 매혹되고 있기 때문이다.

우리는 왜 그녀들에게 좀더 소중한 인간〔戀人〕이 되려고 하지 않았을까? 아마 불운하게도 이러한 시도를 하기에 적합하지 않은 때 그녀들을 만났고, 또 그후에는 양쪽 모두에게 익숙해진 습관 때문에 사랑의 고백 같은 것은 우스꽝스러운 일이 되어 버렸을 것이다. 여성은 상대방의 역할 변화 따위와 같은 일을 거의 이해하지 못하기 때문에, 여자들의 눈에 이미 미지(未知)의 남자로서의 매력이 비치지 않

게 된 뒤에 정열적인 말을 입에 올린다는 것은 무례한 짓이
되는 것이다. 그리고 아마도 여자들의 성격에 대해 진지한
관심을 가졌기 때문에 그들을 우리 자신의 에고이즘에 내
맡겨 버릴 여지가 적었을 것이다. 혹은 우리와 만났을 때
그녀가 어떤 다른 연애 사건으로 몹시 상심해 있었으므로
우정이라는 말밖에 통하는 것이 없었는지도 모른다. 끝으
로 우리의 즐거움 자체도, 마음속에 막연한 감정을 계속 유
지하고 그 감정에 확실하지 않은 정다움을 남겨 두는 데서
얻을 수 있는 것이기 때문일 것이다.

참으로 세련된 영혼은 자기에게 주어진 기회를 모조리
써버리지 않는다. 모든 것을 손에 넣으려고 하면 아무것도
꿈꿀 수 없게 되어 버릴 염려가 있다. 여러 가지 함축성으
로 가득 찬, 마음이라는 광대한 뜰에는 즐길 만한 것이 수
없이 많은 것이다.

이렇게 몽상을 계속하면서 나는 언제나와 같은 생각을
하고 있었다. 즉 참된 우정이 갖는 그 당당한 솔직성과 자
연스러움을, 남자와 여자가 함께 맛볼 수 없는 숙명을 지
녔다는 것이 아무래도 언짢게 생각되었다.

그러나 마치 경치가 서서히 나타나듯이, 드디어 진리가
조금씩 분명해졌다. 확실히 남자와 여자는 친구로서의 기
쁨을 충분히 맛볼 수 있다. 그러나 그것은 연애 밖에서가
아니라 그 안에서다. 세상에는 우정 없는 연애도 상당히 많
으며, 증오가 두 사람을 결합시켜 그들의 즐거움에 깊은 맛
을 더해 주는 연애도 있다. 그러나 어떤 사람들은 연애에

다정함을 첨가하고, 누군가는 이것을 우정으로까지 발전시킨다. 이것이야말로 최상의 연애다.

모든 것을 끝내 버릴 듯한 쾌락이 다하고 장미와 같은 육체적 행복의 단비가 내린 뒤, 그들은 자기들이 이 세상의 것으로 보이지 않는 또 하나의 청순한 행복 속에 소생한 모습을 보고 놀란다. 그리고 아까까지만 해도 이 이상의 정열은 없다고 생각했던 갖가지 미칠 듯한 기쁨이 이제 저 아래쯤에 있다고 생각되는 것이다. 그들은 숨이 막힐 정도로 꽉 껴안은 후에, 미지의 두 영혼을 결합시키는 자유롭고 경쾌한 공감을 상대방에게서 느끼고 경탄한다. 모든 것을 주고 나서 모든 것을 말할 수 있다는 사실에 황홀감을 느낀다. 일체(一體)가 되는 즐거움을 맛보고 나서 어떤 동질성을 찾아낸다는 것은 귀중한 일이다.

서로 다른 인간이라는 것을 알고 금방 싸움이라도 벌일 것 같은 시늉을 하다가, 갑자기 본능적인 충동에 휩쓸려 다시 가까와지고 웃음이라는 수정(水晶)의 다리에 의해 다시 결합된다. 그리고 서로 마음대로 행동하면서도 어쩔 수 없이 언제나 두 사람을 하나가 되게 하는 행복한 숙명을 서로 인정하는 것이 이런 연인들의 지복(至福)이라고 할 수 있다. 그때 행복은 벌써 아무런 틈새도 없고 정열의 막간(幕間)도 무대의 공연과 필적하는 가치를 지닌다. 가장 볼품 없는 순간이라 할지라도 가장 감미로운 것이 될 수 있다.

이와 같이 방금 자기에게 몸을 맡겼던 여자의 손을 새로

운 존경심에서 꽉 잡고, 입맞춤에서 미소로, 육체에서 눈
길로 되돌아올 수 있는 연인은 행복하다. 사랑하는 여인의
아름다움에 전보다는 다소 덜 민감한 듯이 보여도, 그것은
다만 그녀의 내면에 보다 깊이 마음을 쏟고 있기 때문이다.
정열적으로 그녀에게 이끌려 가면서도, 거기에 대단히 진
실하고 순수하며 일체의 과장이나 에고이즘에서 벗어난 어
떤 배려를 분명히 엿볼 수 있다. 이 심정은 이미 겸손한 이
름밖에 가질 수 없을 만큼 숭고한 것이다.

그녀도 자기의 아름다움에 도취하고 나서 거기서 해방되
었다는 희귀한 행복을 맛본 뒤, 왕관을 벗은 여왕처럼 경쾌
한 발걸음으로 정신의 궁전으로 들어간다. 천장이 높은 그
널찍한 방들을 지날 때마다 뒤돌아 안내해 준 남자를 불러
세워, 그녀의 가치가 그렇게도 높았던 이전의 세계와는 다
른 이 새로운 세계의 위대함과 장엄함을 꾸밈 없이 탄상(歎
賞)하는 것이다. 이 무상(無上)의 환희야말로 아마도 인간
이 맛볼 수 있는 가장 황홀한 것이리라. 그러나 이와 같은
기쁨을 머리에 떠올릴 수 없도록 타고난 사람들에게 이것
을 깨우쳐 주려는 것은 헛일일 것이다.

이 대기(大氣)와도 같은 지복(至福)이란 것에는 묘사에 의
해 파악할 수 있는 물질적인 부분은 하나도 없다. 아라비아
의 설화 문학(說話文學)에는 넓은 바다에 산재한 환락(歡樂)
의 섬과 공포의 섬 등 갖가지 섬이 등장한다. 그 가운데 특
별히 눈에 띄게 놀랄 만한 것은 아무것도 없지만, 이따금
거기에 표류한 선원들을 떠나지 못하도록 잡아끄는 신비한

섬이 있다. 그 섬에 상륙한 선원들은 섬사람의 모습은 전혀 볼 수 없었지만, 눈에 보이지 않는 섬사람들의 명랑성과 정성에 에워싸여 있는 듯한 기분이 들었고, 또 하늘에 울려 퍼지는 음악을 들었던 것이다.

이때야말로 친구 사이인 연인들이 그 소박한 생활을 깨뜨리지 않고, 눈에 보이지 않는 꿈 같은 '행복'의 웃음소리가 주위에서 울려 퍼지는 것을 듣는 성스러운 순간인 것이다.

# 6. 우정의 향연

## 1

나는 친구 사이의 지복(至福)이란 이런 것이라고 즐겨 상상한다.

즉 어떤 겨울날 한 친구의 시골집에, 다행히 친구가 모두 모일 수 있었다. 이 겨울이라는 계절은 엄격하고 진실하다는 점에서 다른 어느 계절보다도 우정에 어울린다. 그들은 방금 맛있는 식사를 마쳤다. 이러한 상정(想定)을 한 것은, 지고의 행복이 섬세한 감각에서 시작되어서는 안 된다는 법은 없기 때문이며, 맛이 없는 음식을 먹으러 모이는 친구란 생각할 수 없기 때문이다.

그곳에 모인 사나이들은 저마다 다른 일에 종사해 왔다. 어떤 사람은 정부의 관리로 오래 일해 왔고, 어떤 사람은 전쟁으로 몹시 고생했으며, 또 어떤 사람은 큰 기업을 설립해 경영해 왔다. 또 어떤 사람은 만사를 팽개치고 여자 꽁

무늬만 쫓아다녔고, 어떤 사람은 무엇보다도 사상(思想)을 사랑했다. 그러나 그들이 깊이 맺어지기 위해서는, 각자가 해온 일을 서로 이해하고 경험에서 얻은 것을 정신에 맡기는 취미가 공통된다는 것으로 충분하다. 그들은 지금 이야기를 시작하고 있다.

누구나 광적인 데도 없고 우매하지도 않은 생활을 하는 일이 중요하다고는 하지만, 실제 행동에 있어서는 무엇보다 각자의 본능적인 특성에 의해 움직이기 쉽다. 지혜는 행동의 뒤를 따라오는 것일 뿐, 행동을 이끄는 것이 아니다. 그것은 에필로그며, 이미 아무 쓸모도 없는 축제다.

이런 친구들의 대화 중에는 그 추억담의 어느 하나라도 그들의 영혼에 이롭지 않은 것이 없다. 몇 달 동안이나 고뇌해 온 어떤 지속적인 정열이 하나의 짧은 잠언(箴言)을 제공하는 경우도 있고, 긴 세월에 걸친 골머리 아픈 거래(去來) 이야기가 인간성의 깊은 특질을 깨닫는 계기가 되는 수도 있다. 그들이 듣는 이야기 가운데 말도 되지 않는 가장 바보스러운 이야기라도, 어부들의 유유한 칼질에 많은 기름을 제공하는 고래처럼, 기억의 물가에서 많은 것을 제공하는 것이다.

이런 대화를 나누는 사람들은 지성의 즐거움과 뒤섞인 꿈결 같은 기쁨을 느끼게 된다. 관찰이 관찰을 부르고, 하나의 고찰은 또 다른 미묘한 고찰에 의해 수정되고 보완된다. 그들은 몇 가지 진리를 동시에 발견하고, 그것들을 가로막고 있는 공간을 순식간에 가로질러, 악전고투하며

고개를 기어 오르는 고생을 하지 않고도 진리의 정점에 도
달한다. 사람들은 모든 것을 잊어버리는 도취 속에 있을 때
서로 사랑하게 된다. 그러나 모든 것을 깨닫는 기쁨 속에서
사람들은 친구가 된다.

# 2

많은 사람들과 교제해 온 사람이라도 역시 상대의 행동
으로 인해 고심하는 때가 있다. 그러나 그의 고심은 그 자
신에게 책임이 있다. 그가 그들의 성격을 제대로 파악하고
있었다면 그들의 행동은 그의 인식을 예증(例證)하는 것이
될 뿐이기 때문이다. 오히려 그의 인식을 뒷받침해 준다는
사실에서 오는 놀라움밖에는 느끼지 못할 것이다.

그리고 범용(凡庸)하다고 생각되었던 사람들이 감동하거
나 동정하거나 연애를 하는 경우, 우리는 진심으로 감탄을
하게 된다. 이 경우 그들은 자기들의 범용함을 배반하고,
그다지 뿌리 깊지는 않지만 겉으로나마 감탄의 감정을 나
타낸다. 이것은 마치 소도시의 어느 초라한 뒷골목을 방문
한 나그네가, 밤이 되어 거리의 어둠 속에서 불꽃을 쏘아
올리는 것을 보고 놀라는 것과 같다. 이 불꽃은 아무래도
수수한 편이지만, 빙빙 도는 바퀴 모양의 불꽃과 공중에서
터지는 뱀 모양의 불꽃과 별에까지 다다를 만큼 높이 솟는
불꽃 등도 있어서 역시 사람의 눈을 사로잡는다. 그 나그네

는 혼자서 중얼거린다. "허, 놀랍군. 이런 시골에서!"

## 3

우리의 내부에는 속물들이 결코 알아차릴 수 없는 특질이 있다. 왜냐하면 우리는 그들에게 이런 특질을 절대로 보여주지 않기 때문이다.

인간은 자기 혼자만으로는 쾌활하거나 공손하거나 명랑할 수 없으며, 또 우아하거나 다정하거나 섬세하거나 재치가 있거나 할 수도 없을 것이다. 거기에는 어떤 자극과 호응이 필요하다. 친구가 언제나 고마운 것은, 우리가 자기 자신이 될 수 있는 계기를 그들이 부여해 주기 때문이다. 그들은 우리가 나타내는 감정에 감탄한다. 그러나 우리 쪽에서 보면 우리는 그것을 그들에게 바치기 전까지는 그런 보배가 우리 자신에게 있는지조차도 몰랐을 것이며, 그들에게 나눠 주지 않았다면 그 처치도 곤란했을 것이다.

아무리 훌륭한 애정이라도 거기에는 교환과 이익이 교착(交錯)되고 있어서, 그런 애정으로 결합되어 있는 사람들까지도 어떻게 그런 계산을 하고 있는지 알 수 없을 정도다. 그들은 이구동성(異口同聲)으로, 자기는 준 것보다 받은 것이 많다고 고집스럽게 우겨댄다. 끝까지 그들의 주장을 굽히지 않고, 아무도 양보하려고 하지 않는다. 자기 부채(負債)가 많은 것을 증명하려고 초조해 하면서 다시 계산을 한다. 서로 사랑하는 사람들이 마지막에 그 감사의 계산서를 사랑의 난로 속에 던져 넣어 태워 버릴 결심을 하지 않는다면, 이것은 결코 끝나지 않을 이상한 논쟁이 될 것이다.


# 4


적어도 헛되이 세월을 보내지만 않은 사람이라면, 청년기에서 멀어짐에 따라 자기와 함께 또는 자기 자신에 의해 사는 법을 배우게 마련이다. 그러나 이것은 결코 고독하게 사는 것과는 다르다. 그것은 오히려 소박한 비사교성의 특징인 무례함이나 음울(陰鬱)함이 조금도 없는 세련된 고독이다. 대부분의 사람들은 영혼이 너무 단순하거나 너무 추하기 때문에 기꺼이 자기 자신에게로 되돌아오지 못한다. 이를테면 그러한 영혼은 텅 빈 방이나 쥐가 들끓는 쓸쓸한 집과 같다. 이와 반대로 진정한 성장이란 자기 내부에 어떤 외적 조건에 의해서도 침해되거나 손상되지 않는 생활 방식을 증가시키는 일이다.

이때 우리의 성격 속에 우리가 인식하고 고정시킨 몇 가지 상태는, 아시아의 군주들이 자기의 영혼을 찾으러 가는 정자(亭子)와 같은 것이다. 그 정자는 음악을 듣고 독서를 하며 혹은 구름을 찬탄하기 위해 지은 것이다. 우리는 이렇게 우수가 맑게 걷히는 별채, 이유도 알 수 없이 쾌활해지

는 별채, 혹은 마음 편히 몽상에 잠기는 별채에 틀어박
힌다. 그리고 나중에는 자기의 고독을 정리하고 변화시키
고 가꾸고 파내려 가서, 자기가 고독하다는 것조차 거의 느
끼지 않게 된다. 황무지를 하나의 계곡으로 만든 것이다.
이리하여 우리는 자기 자신과 이야기하고, 자신의 나라를
산책한다.


# 5


　대부분의 남자들은 몇 사람의 동료를 갖고, 몇 사람의 여
자를 품에 안기도 하고 버리기도 했다. 그들은 이제 우정도
연애도 다 안 것으로 생각하고 아무런 의문도 갖지 않는다.
그러나 그들의 생활이 끝나는 곳에서 새생활은 비로소 시
작되는 것이다. 그들은 멈춰선 강기슭에서 떠나, 단지 세
련된 매너뿐만 아니라 그들이 생각해 보지도 않았던 간소
한 삶도 알아야 하는 것이다. 그때 우리는 아마도 각기 다
른 모습을 한 저 고립된 행복들 가운데 어떤 하나를 손에
넣을 수 있을 것이다. 설사 바다 위를 헛되이 떠돌지 않으
면 안 된다고 하더라도, 바다의 환상을 즐기고 저녁때가 되
면 육지처럼 보이는 구름을 멀리 바라보는 것도 근사한 일
이다. 그러므로 다른 인간들에게는 그들이 살아 있다고 생
각하게 하자. 그리고 우리는 삶에 대해 생각하자. 저 섬들
을 향해 출발하자.

# 6

일을 시작할 때 욕망을 크게 갖는다는 것은 적어도 커다란 꿈을 계속 가질 수 있다는 이점(利點)을 가진다. 꿈은 보통 우리의 생활 위를 날아다니기만 할 뿐 우리 생활에 아무런 영향도 주지 않는다. 그러나 만일 생활이 꿈만큼 소란스럽거나 무감각하지 않은 면을 조금이라도 보이면, 창백한 순간에 불과할 뻔했던 것 속에 그 미묘한 색상이 나타난다. 우리의 친구들이 거기 있는 것이다.

그들은 입을 다물고 있다. 그런데 그 침묵은 어떻게 되든 상관 없는 인간들의 존재는 무시해 버리고, 우리가 우정을 믿을 수 있는 친구의 존재를 빛나게 한다. 우리가 끝까지 선택하고 싶은 젊은 여자는, 그 많은 충동을 불러일으켰던 우리의 성격을 순식간에 녹여 없애고 우리에게 온갖 사랑의 부드러움을 던져 주는 아름다운 환영(幻影)에 지나지 않게 된다. 그리고 마음속에서 솟아나는 미소보다도 더욱 아름다운 미소가 그 입술에 떠오른다. 현실이 중단되는 이런 순간에는 그 공허함을 완전히 잊게 된다. 이것은 하나의 놀라움이며, 이렇게 완벽하게 허무함이 제거되는 것이야말로 우리 자신에게 주어진 선물이라고 생각되는 것이다.

생활에 포함되어 있지 않은 것들에 의해 생활이 채워지는 순간은, 생활이 어느 정도 평안하게 되고 그 속에 있는 것이 공허하게 될 때 가능한 것이었다. 여가(餘暇)는 그것이 꿈을 비추는 거울이 될 때 비로소 훌륭한 것이 된다. 이리하여 풍경 속에 펼쳐져 있는 호수는 한가한 공간처럼 황홀한 정원(庭園)이 될 수 있고, 호수 위에 떠 노를 젓고 있는 사람이 푸르고 공허한 물의 반짝임에 놀랄 때, 그는 얼굴을 들어 구름의 모습을 쳐다보는 것이다.

# 7

살아가는 기술은 존재하며, 우리는 이것을 배울 수 있다. 그런데 그것이 우리를 무감각하게 하고 환멸이나 고통에서 벗어나게 하는 정도에 그친다면, 그런 기술을 안다는 것은 혐오스러운 일이다. 문제는 마음을 경직시키는 것이 아니라 마음을 지키는 것이다. 기회가 주어지기만 하면 그때마다 온몸을 내던져 맹목적으로 자신을 의탁하는 것은 청춘의 무모성이다. 우선 이런 방식으로 생활하지 않는 것은 매우 유감스러운 일이며, 언제까지나 그런 상태를 유지하는 것도 역시 우스꽝스러운 일이다.

어리석은 자나 마음이 비뚤어진 자에게 쉽사리 우리를 해칠 수 있는 힘을 갖게 하는 것은 온당치 않다. 우리는 어떤 비법(秘法)에 의해 그런 자들을 멀리할 수 있다. 그리고 우리와 주먹다짐을 하고 있다고 생각하는 사람들은, 그들이 우리의 세계를 어떻게든 속여 넘기려 하고 있다는 것을 알아차리지 못하고 있다. 그러나 우리는 그 세계에서 냉정한 호기심으로 그들을 엿보고 있는 것이다.

인생을 배워 온 인간이 침착하고 냉정한 태도를 취하거나 또는 속물을 멀리하기 위해 정중함과 익살의 힘을 빈다 하더라도, 그것은 자기의 권리 가운데 하나를 행사하고 있음에 불과하다. 그러나 그 본성의 방어 수단에 불과한 것을 본성 자체라고 생각하는 것은, 어떤 도시와 그 도시를 지키는 성채(城砦)를 구별하지 못하는 것과 같은 과오를 범하는 것이 될 것이다. 문제는 결코 무분별에 빠지지 않아야 한다는 것이 아니라 무분별에 빠질 필요가 있을 때만 무분별이 허용되어야 한다는 것이다.

몇 가지 특징으로 보아 우리보다 뛰어나다고 생각되는 인물이 나타난다면 우리는 그를 환영하기 위해 젊었을 때 보였던 열광을 훨씬 능가하는 열광을 보일 것이다. 자기의 무분별에 의해 직면하게 되는 위험을 잘 알면서도 그 위험을 무릅쓰는 데서 즐거움을 발견하는 인간의 자랑스러운 무모함은, 젊은이의 본능적인 혈기 따위와는 비교할 수조차 없기 때문이다.

인생의 모든 드라마는 연애의 경우 좀더 열광적이고 우정의 경우에는 보다 조심스럽다는 차이가 있지만, 모두 여러 종류의 인간에 대한 탐구라고 할 수 있다. 여기서도 경험에 짓눌리지 않고 경험에서 가르침을 얻어내는 것이 바람직하다. 이 세상에는 평범한 인간이 수없이 많지만, 그들이 자기를 능가하는 자의 존재를 의심하는 힘을 갖도록 해서는 안 된다. 그리고 이처럼 많은 인간에게 필적하는 가치를 지닌 소수의 인간을 신뢰하고 한 인간이 얼마나 많은 가치를 소유할 수 있는가를 결코 잊지 않게 해야 한다.

그러므로 우리가 대중에게서 몸을 피하는 것은 다만 선택된 인간에게 몸을 맡기기 위해서며, 사람을 사랑하는 기회를 줄이는 것은 그 기회 하나하나의 중요성을 크게 하기 위해서다. 우리가 얻은 경험은 우리의 신뢰를 집중시키는 데만 도움이 된다. 우리의 영혼의 일면은 방어를 위해 있지만, 다른 일면은 받아들이기 위해 있다. 미지의 인간에 대한 이와 같은 기대는 커다란 매력을 갖고 있다. 우리는 마음 편한 교제를 즐기며 그저 그런 방탕에 빠져 여자를 가까이하지만, 그 밑에는 타인과의 교제를 정당화하는 은밀하고 진지하고 소박한 탐구가 숨어 있다.

자기 힘으로 자기 자신을 고귀하고 풍요롭게 하는 데 아무리 열중하더라도, 운명의 도움을 거부하지 않고 그것을 받아들이며 그것을 바라는 데는 일종의 즐거움과 우아함과 신중성이 깃들여 있다. 자기 완성을 바라지 말고, 해야 할 일을 힘써 하면 된다. 우리는 혼자 힘으로 자신이 소유하고 있는 가장 높은 것을 발전시킬 수는 있지만, 자신이 소유하고 있는 가장 깊은 것에 생명을 부여할 수는 없기 때문이다. 우리들에게는 타인이 사이에 끼어야 비로소 알 수 있는 어떤 봄〔春〕이 있다. 그리고 우리 힘으로는 꽃을 피울 수 없는 정원의 화려한 광경을 우리가 세운 궁전 주위에서 보는 것도 참으로 근사한 일이다.

금욕주의 철학자는 자기 혼자만으로 충분하다고 자랑하고 있지만, 자기 자신이 메말라 있다는 것은 알아차리지 못하고 있다. 참된 시인은 이와 반대로 결코 자족(自足)함이 없이 언제나 자기를 성장시키고, 자신을 '세계'로부터 떼어놓지 않은 채 자기에게 몰두한다. 그리고 끊임없이 커져가는 영혼 곁에서, 혼자서는 도저히 발견할 수 없었던 샘물을 솟아나게 해주는 사람들을 맞이할 준비가 언제나 되어 있다. 고귀한 인간이 되려는 의지에 그런 사람들을 사랑하는 기적을 첨가하는 것이다.

자기의 노력에 의해 자기 자신을 성장시킨 후, 그들의 비법(秘法)에 의해 자기 자신을 풍부하게 한다는 것은 즐거운 일이다. 그리고 자기를 에워싼 것으로부터 물러나면서도, 바람직한 만남을 위해서는 운명이 시키는 대로 따르는 것은 즐거운 일이다. 그것은 마치 주사위를 한 번 던지는 데 모든 것을 거는 노름꾼이나, 순풍을 기다리는 뱃사공과 같은 것이다. 영혼이 광대한 왕국을 이룰 때까지 확장된 후에 날이 저물어 어둠에 빠진 광야에서 달이 떠오르기를 기다리는 것처럼, 그 영혼으로 하여금 어느 한 인간의 출현을 기다리게 하는 것은 참으로 즐거운 일이다.

인간은 확실히 자유롭고 명쾌하고 고아(高雅)한 방법에 의해서만 자기의 힘을 증명하게 된다. 그는 이 방법에 의해 고독을 견딘다. 그러나 만일 너무 쉽사리 고독에 이르게 된다면, 그런 고독에는 아무런 가치도 없을 것이다. 우선은 모든 욕구를 감지(感知)하는 일에서부터 시작해야 한다.

인간의 성격이 굳어져 감에 따라 자기 자신 이외에는 참된 교제를 할 수 없는 경지에 이르게 되지만, 이러한 때라도 이 경지와 인간 혐오를 다시 한 번 분명하게 구별해야 한다. 인간을 혐오하는 사람은 성미가 까다로와지고 위축되지만, 고독한 사람은 자기를 성장시키고 순화시킨다. 인간을 혐오하는 사람은 여전히 인간들 사이에 머물러 있으면서 남들과의 사이에 장벽을 만들지만, 고독한 사람은 자기 자신을 향상시키며, 자기 속에만 틀어박히지 않는다.

그의 영혼은 가시 울타리에 에워싸인 집이 아니다. 높은 곳에 있지만 언제나 출입이 자유로운 궁전이다. 거기에 나타날 사람은 아무도 없지만, 손님을 기꺼이 맞아들일 준비는 되어 있다. 우리와 함께 즐기기 위해 찾아올 그 훌륭한 귀족들을 위해 밤마다 향연이 베풀어진다. 이미 출발했으나 먼 곳에서 오기 때문에 조금 늦어지는 부인들을 위해서는 그녀의 방의 호화로운 내부 장식까지 모두 준비가 되어 있다. 이 향연에 참석하는 것이 주최자뿐이라고 하더라도 이 향연이 '우정'이나 '사랑'에 대해 개방되어 있다는 데는 변함이 없다. 살아가는 방법이란, 모든 것을 받아들일 능력을 갖고 있으면서 아무것도 없이 지낼 수 있는 방법을 배우는 것이다. *

# □ 연 보

1883년　출생.

1906년　첫 시집 《친밀한 사람들(*Les Familers*)》을 발표해
　　　　시인으로 출발.

1913년　《생(生)과 사랑(*La Vie et L'amour*)》 발표.

1923년　중국 여행기 《중국에서(*En Chine*)》 발표.

1924년　《중국에서》로 프랑스 아카데미의 문학대상(文學大
　　　　賞)을 받음.

1929년　《우정론》 발표.

1932년　프랑스 아카데미 회원이 됨.

1938년　《세계의 연가(*Le Bouquet du Monde*)》 발표.

1942년　친독(親獨) 비시 정권에 참여해 문교 장관 역임.

1945년　종전(終戰) 후 사형 선고를 받고 에스파니아로
　　　　망명.

1958년　빠리로 귀환.

1960년　다시 10년간의 국외 추방령(國外追放令)을 받음.

1968년　사망.

■ 옮긴이 소개

한국외국어대학 불어과·중앙대학교 사회개발대학원 졸업.
《한국일보》 신춘문예 수필 당선.
저서《당신은 타인이어라》,《숨어있는 나무》,《한국수필평론》
공저《진달래와 흑인병사》
역저《어린왕자》《시지프의 신화》《인간의 대지》
    《슬픔이여 안녕》 등이 있음.

## 우정론

초판  1쇄 발행 / 1986년   7월 20일
초판  6쇄 발행 / 1999년   3월 10일
 2판  1쇄 발행 / 2006년  11월 10일
 3판  1쇄 발행 / 2015년  10월 25일


지은이 / A. 보 나 르
옮긴이 / 이  정  림
펴낸이 / 윤  형  두
펴낸곳 / 범  우  사

등록번호 / 제406-2003-000048호
등록일자 / 1966년 8월 3일
주소 / 413-120 경기도 파주시 문발동 출판단지 525-2
전화 / 031-955-6900~4, 팩스 / 031-955-6905

* 잘못된 책은 바꾸어 드립니다.

ISBN 978-89-08-06029-6 04800  (인터넷)www.bumwoosa.co.kr
     978-89-08-06000-5 (세트)  (이메일)bumwoosa@chol.com

▶ 계속 펴냅니다

# 범우 사르비아문고

선배들도 범우사르비아문고로
교양을 쌓고 지식을 살찌웠습니다.
범우사르비아문고는 하루아침에 기획되고
제작된 것이 아닙니다.
15년의 세월 동안 갈고 보완하면서
청소년의 필독도서로 확고히 자리잡은
'청소년도서의 대명사' 입니다.

범우사　서울시 마포구 구수동 21-1
전화 717-2121 FAX 717-0429

# 범우비평판 세계문학선

범우 비평판 세계문학선이
체계화·고급화를 지향하며
새롭게 다시 태어나고
있습니다.
작가별로 고유번호를
부여하고 완벽하게 보완해
권위와 전문성을 높이고,
미려한 장정으로
정상의 자존심을
지켜나갈 것입니다.

(전책 새로운 편집·장정,
 크라운 변형판)

**❶ 토마스 불핀치** 1-1 **그리스·로마신화** 최혁순 값 8,000원
　　　　　　　　1-2 **원탁의 기사** 한영환 값 10,000원
　　　　　　　　1-3 **샤를마뉴 황제의 전설** 이성규 값 8,000원

**❷ F. 도스토예프스키** 2-1.2 **죄와 벌 (상)(하)** 이철 (외대 노어과 교수) 각권 7,000원
　　　　　　　　2-3.4.5 **카라마조프의 형제 (상)(중)(하)**
　　　　　　　　　　　　김학수 (전 고려대 교수) 값 7,000~9,000원
　　　　　　　　2-6.7.8 **백치 (상)(중)(하)** 박형규 (고려대 교수) 각권 7,000원
　　　　　　　　2-9.10 **악령 (상)(하)** 이철 (외대 노어과 교수) 각권 9,000원

**❸ W. 셰익스피어** 3-1 **셰익스피어 4대 비극** 이태주 (단국대 교수) 값 9,000원
　　　　　　　　3-2 **셰익스피어 4대 희극** 이태주 (단국대 교수) 값 9,000원

**❹ T. 하디** 4-1 **테스** 김회진 (서울시립대 영문과 교수) 값 8,000원

**❺ 호메로스** 5-1 **일리아스** 유영 (연세대 명예교수) 값 9,000원
　　　　　　　5-2 **오디세이아** 유영 (연세대 명예교수) 값 8,000원

**❻ 밀턴** 6-1 **실낙원** 이창배 (동국대 교수·영문학 박사) 값 9,000원

**❼ L. 톨스토이** 7-1.2 **부활 (상)(하)** 이철 (외대 노어과 교수) 각권 7,000원
　　　　　　　7-3.4 **안나 카레니나 (상)(하)** 이철 (외대 노어과 교수) 각권 10,000원
　　　　　　7-5.6.7.8 **전쟁과 평화 1.2.3.4**
　　　　　　　　　　박형규 (전 고려대 노어과 교수) 각권 9,000원

**❽ T. 만** 8-1 **마의 산(상)** 홍경호 (한양대 독문과 교수) 값 9,000원
　　　　　　8-2 **마의 산(하)** 홍경호 (한양대 독문과 교수) 값 10,000원

**❾ 제임스 조이스** 9-1 **더블린 사람들·비평문** 김종건 (고려대 교수) 값 10,000원
　　　　　　　9-2.3.4.5 **율리시즈 1.2.3.4** 김종건 (고려대 교수) 각권 10,000원
　　　　　　　9-6 **젊은 예술가의 초상** 김종건 (고려대 교수) 값 10,000원

**❿ 생 텍쥐페리** 10-1 **전시조종사·어린왕자(외)** 염기용·조규철·이정림 값 8,000원
　　　　　　　10-2 **젊은이의 편지(외)** 조규철·이정림 값 7,000원
　　　　　　　10-3 **인생의 의미(외)** 조규철 값 7,000원
　　　　　　　10-4.5 **성채(상)(하)** 염기용 값 8,000원
　　　　　　　10-6 **야간비행(외)** 전채린·신경자 값 8,000원

**⓫ 단테** 11-1.2 **신곡(상)(하)** 최현 값 9,000원

**⓬ J. W. 괴테** 12-1.2 **파우스트(상)(하)** 박환덕 (서울대 독문과 교수) 각권 7,000원

**⓭ J. 오스틴** 13-1 **오만과 편견** 오화섭 (전 연세대 영문과 교수) 값 9,000원

**⓮ V. 위고** 14-1.2.3.4.5 **레미제라블 ①②③④⑤**
　　　　　　　방곤 (경희대 불문과 교수) 각권 8,000원

**⓯ 임어당** 15-1 **생활의 발견** 김병철 (중앙대 명예교수·문학박사) 값 12,000원

**⓰ 루이제 린저** 16-1 **생의 한가운데** 강두식 (서울대 교수) 값 7,000원

**⓱ 게르만 서사시** 17 **니벨룽겐의 노래** 허창운 (서울대 교수) 값 13,000원

**⓲ E. 헤밍웨이** 18-1 **누구를 위하여 좋은 울리나** 김병철 (중앙대 명예교수) 값 10,000원

**⓳ F. 카프카** 19-1 **城** 박환덕 (서울대 독문과 교수) 값 9,000원
　　　　　　　19-2 **변신·유형지에서(외)** 박환덕 (서울대 독문과 교수) 값 9,000원
　　　　　　　19-3 **심판** 박환덕 (서울대 독문과 교수) 값 8,000원
　　　　　　　19-4 **실종자** 박환덕 (서울대 독문과 교수) 값 9,000원

**⓴ 에밀리 브론테** 20-1 **폭풍의 언덕** 안동민 값 8,000원

## 범우비평판 세계문학선

범우 비평판 세계문학선은
수많은 국외작가의 역량이
총결집된 양식의
보고(寶庫)입니다.
대학입시생에게는 논리적
사고를 길러주고
대학생에게는 사회진출의
길을 열어주며, 일반 독자에
게는 생활의 지혜를 듬뿍
심어주는 문학시리즈로서
이제 명실공히 세계문학의
선봉으로 우뚝 섰습니다.

㉑ 마가렛 미첼 21-1.2.3 **바람과 함께 사라지다(상)(중)(하)**
　　　　　송관식 · 이병규　각권 9,000원

㉒ 스탕달 22-1 **적과 흑** 김붕구　값 10,000원

㉓ B. 파스테르나크 23-1 **닥터 지바고** 오재국(전 육사교수)　값 10,000원

㉔ 마크 트웨인 24-1 **톰 소여의 모험** 김병철(중앙대 명예교수 · 문학박사)　값 7,000원
　　　　　24-2 **허클베리 핀의 모험** 김병철(중앙대 명예교수)　값 9,000원

㉕ 조지 오웰 25-1 **동물농장 · 1984년** 김회진(서울시립대 영문과 교수)　값 10,000원

㉖ 존 스타인벡 26-1.2 **분노의 포도(상)(하)** 전형기(한양대 영문학과 교수)　각권 7,000원
　　　　　26-3.4 **에덴의 동쪽(상)(하)**
　　　　　이성호(한양대 영문학과 교수)　각권 9,000~10,000원

㉗ 우나무노 27-1 **안개** 김현창(서울대 서어 서문학과 교수)　값 6,000원

㉘ C. 브론테 28-1 · 2 **제인에어(상)(하)** 배영원　각권 8,000원

㉙ 헤르만 헤세 29-1 **知와 사랑 · 싯다르타** 홍경호　값 9,000원
　　　　　29-2 **데미안 · 크눌프 · 로스할데**
　　　　　홍경호(한양대 교수 · 문학박사)　값 9,000원
　　　　　29-3 **페터 카멘친트 · 게르트루트** 박환덕(서울대 교수)　값 9,000원
　　　　　29-4 **유리알 유희** 박환덕(서울대 교수)　값 12,000원

㉚ 알베르 카뮈 30-1 **페스트 · 이방인** 방 곤(전 경희대 불문과 교수)　값 9,000원

㉛ 올더스 헉슬리 31-1 **멋진 신세계(외)** 이성규 · 허정애　값 10,000원

㉜ 기 드 모파상 32-1 **여자의 일생 · 단편선** 이정림(번역문학가)　값 9,000원

㉝ 투르게네프 33-1 **아버지와 아들** 이철(외대 노어과 교수)　값 9,000원
　　　　　33-2 **처녀지 · 루딘** 김학수(전 고려대 노어노문학 교수)　값 10,000원

㉞ 이미륵 34-1 **압록강은 흐른다(외)** 정규화(독문학 박사 · 성신여대 교수)　값 10,000원

㉟ 디어도어 드라이저 35-1 **시스터 캐리** 전형기(한양대 영문학과 교수)　값 12,000원
　　　　　35-2.3 **미국의 비극(상)(하)**
　　　　　김병철(중앙대 명예교수 · 영문학)　각권 9,000원

㊱ 세르반떼스 36-1 **돈 끼호떼** 김현창(서울대 서어 서문학과 교수)　값 12,000원
　　　　　36-2 **(속)돈 끼호떼** 김현창(서울대 서어 서문학과 교수)　값 13,000원

㊲ 나쓰메 소세키 37-1 **마음 · 그 후** 서석연(경성대 명예교수)　값 12,000원

㊳ 플루타르코스 38-1~8 **플루타르크 영웅전 1 · 2 · 3 · 4 · 5 · 6 · 7 · 8**
　　　　　김병철(중앙대 명예교수 · 영문학)　각권 8,000원

# 汎友古典選



▶ 계속 펴냅니다

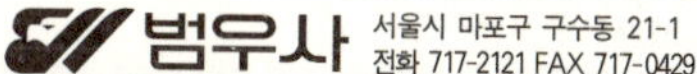


범우사  서울시 마포구 구수동 21-1
전화 717-2121 FAX 717-0429

21세기의 경영전략과 생활의 지혜를 제시하는

범우생활신서

# 한국 회화소사

이동주 지음

## 한국 회화사의 신고전

한국미술사의 주체적 해석, 빼어난 안목, 215매의 원색 도판

### 이 책의 특징

1. 삼국시대부터 조선시대에 걸친 우리 그림을 친근하고 쉽게 이해할 수 있도록 보편성과 문화총체성 위에서 설명한다.
2. 실물 위주의 감상을 바탕에 깔고 기술한다.
3. 단편적 미술사를 뛰어넘어 인접국과의 문화 교류 풍속을 더욱 통시적으로 볼 수 있는 눈을 길러 준다.
4. 화가의 가계와 보학(譜學)에 대한 저자의 해박한 지식을 토대로 한국미술통사로서의 가치를 발현하다.
5. 미술사를 비평가적 혜안에 의해 바라본다.

21.8×24.5cm/284면/값 40,000원

---

★ '94년 한국간행물윤리위원회 청소년 권장도서

# 韓國美術大要

김용준 지음

신국판/324면/값 15,000원

한민족 특유의 예술미를 아름다운 화보와 유려한 문체로 드러낸 한국미술사(삼국시대 이전~일제기)의 고전

---

 범우사　서울시 마포구 구수동 21-1
전화 717-2121 FAX 717-0429